btb
Aus Freude am Lesen

btb

Buch

Der weltberühmte Modedesigner Versace wird in Miami erschossen. Als Täter wird ein junger Mann gesucht, von dem außer einigen Fotos, die ihn in ausgelassener Partystimmung zeigen, wenig bekannt ist. Angeblich ist dies der fünfte in einer Reihe von Morden, die er innerhalb weniger Wochen verübt haben soll. Zwei Yuppies aus Minneapolis soll er erledigt haben, einen greisen Immobilienfürsten aus Chicago und einen Friedhofswärter aus derselben Stadt. Das behauptet jedenfalls die Polizei. Andrew Cunanan, ein homosexueller Callboy aus San Diego, soll zum Mörder geworden sein, weil er sich bei einem seiner Kunden mit Aids infiziert hat und nun auf einem vernichtenden Rachefeldzug all diejenigen umbringt, die ihn angesteckt haben könnten. Aber wie passen dazu der heterosexuelle Friedhofswärter und der Modedesigner, dem er wahrscheinlich nie zuvor begegnet ist?

Weltweit stürzen sich die Medien auf diesen Fall. Ein undurchdringliches Gestrüpp von Behauptungen, Vermutungen, angestrengten Hypothesen und schlichten Lügen überzieht schon wenige Stunden nach dem Mord an Versace den Erdball. Es muß geklärt werden, was nicht zu klären ist: Wer ist der Mörder und warum?

«Party Boy» ist ein fiktionaler Bericht, der sich aus den Stimmen derer zusammenfügt, die ganz nah dran waren, aber doch nicht dabei: Zeugen, Verwandte, Freunde, Journalisten. Ihr Gerede wird zur Story und tritt schließlich an die Stelle des Geschehenen.

Autor

Georg M. Oswald, geboren 1963 in München, ist Schriftsteller und Jurist. Seinem Debüt «Das Loch. Neun Romane aus der Nachbarschaft» (1995) folgte «Lichtenbergs Fall» (1997). Oswald wurde mit dem Förderpreis des Freistaats Bayern und dem Arno-Schmidt-Stipendium ausgezeichnet und erhielt für seinen Roman «Alles was zählt» (2000) den International Prize. Er lebt und arbeitet in München.

Georg M. Oswald bei btb

Lichtenbergs Fall. Roman (72421)
Das Loch. Neun Romane aus der Nachbarschaft (72098)

Georg M. Oswald

Party Boy

Eine Karriere

btb

Umwelthinweis:
Alle bedruckten Materialien dieses Taschenbuches sind chlorfrei und umweltschonend.

btb Taschenbücher erscheinen im Goldmann Verlag, einem Unternehmen der Verlagsgruppe Random House GmbH.

1. Auflage
Genehmigte Taschenbuchausgabe November 2001

Umschlaggestaltung: Design Team München
Umschlagfoto: Photonica/Chifusa
Satz: Filmsatz Schröter GmbH, München
KR · Herstellung: Augustin Wiesbeck
Made in Germany
ISBN 3-442-72840-1
www.btb-verlag.de

15. Juli, circa 7:15 h morgens, wolkenloser Sommerhimmel über dem Ocean Drive, Miami Beach, ein vierfacher Blitzschlag, vier Kugeln auf Gianni Versace, der auf den Stufen vor seiner Villa zusammenbricht. Charles P. wählt die Notrufnummer 911.

«Ja. Ein Mann ist angeschossen worden. Schnell, bitte schnell. Er ging die Stufen zu seinem Haus hoch. Es ist Gianni Versace. Er wollte in sein Haus. Wir haben die Schüsse gehört. Wir rannten raus. Er liegt auf den Stufen vor seinem Haus.»

«O.K., wie ist Ihr Name, Sir.»

«Charles P… schnell, bitte schnell, besorgen Sie uns einen Krankenwagen …»

«Hängen Sie nicht ein. Ich werde Sanitäter und Polizei verständigen. Ich will, daß Sie in der Leitung bleiben, damit ich Ihnen einige Fragen stellen kann, O.K.? Damit wir ihm helfen können, O.K.? Ist er bei Bewußtsein, atmet er?»

«Weiß ich nicht, ich bin im Haus …»

«O.K., wie, sagten Sie, war der Name des Mannes, Sir?»

«Gianni Versace. G-I-A-N-N-I V-E-R-S-A-C-E.»

«O.K., und Sie sagten, Sie haben die Schüsse gehört.»

«Ja.»

«Haben Sie irgend etwas gesehen?»

«Wir haben es alle gehört. Wir wußten nicht, was es war. Es war viermal ein lauter Knall. Wir wußten nicht, was es war.»

–Was ist los, warum hört das hier auf?

–Sie haben das Band nur bis dahin freigegeben.

–Wer freigegeben? Das FBI?

–Nein, AP, *Associated Press*.

–Unsere Geschichte ist klar. Zuerst alles über Gianni Versace. Seine Mode, seine Freunde, das Geld, das viele Geld, und die Stars, tägliche Telefonate mit Lady Di, Madonna, Michael Jackson etcetera.

–Wir haben bisher keine Bestätigung, daß er tot ist.

–Vier Kugeln, Mann, vier Schüsse. Worauf sollen wir warten? Ist das keine Seite wert? Viel interessanter ist die Frage: Wer war der Mörder? Whodunnit, verstehst du?

–Ich sage doch, wir haben noch keine Bestätigung, daß er tot ist.

–Sag mal, was ist los mit dir heute? Als erstes fällt mir ein, daß er der Erfolgreichste seiner Branche war – also Neid. Gleich danach fällt mir ein, daß er reich war, stinkreich – also Habgier. Es fällt mir ein, daß er Italiener war – also die Mafia. Mir fällt ein, daß jeder ihn mochte, er war einer der beliebtesten Menschen auf der Welt – also irgendein Psychopath, der sich da ranhängen wollte, indem er ihn umbringt, wie der Mörder von John Lennon. Und schließlich fällt mir ein, daß er schwul war – also ein Schwulenmord.

– Das Beste zuletzt, nicht wahr? Wenn du mich fragst: Ich finde alles interessanter als die Schwulenmordvariante.

– Ist mir klar, ist nichts für Pietisten wie dich …

– Nein, eher was für … na ja, für solche wie dich.

Der Modedesigner Gianni Versace (50) wurde heute vor seiner Traumvilla am Ocean Drive, Miami Beach erschossen. Im Jackson Memorial Hospital, wohin er nach dem Attentat gebracht wurde, konnte nur noch sein Tod festgestellt werden. Die Sprecherin des Krankenhauses, Concha R., sagte, die Schüsse hätten ihn aus kurzer Entfernung in den Kopf getroffen.

Der italienische Designer wurde auf den Stufen zu seiner Villa am modischen Ocean Drive ermordet, wo es von Model-Agenturen nur so wimmelt. Er war gerade auf dem Rückweg vom nahe gelegenen «News Cafe», wo er sich eine italienische Zeitung gekauft hatte. «Das war etwa um 7 h», sagt der dortige Zeitungsverkäufer Michael K.

Gianni Versaces palastartige Villa im spanischen Kolonialstil ist das einzige private Wohnhaus auf dem sogenannten «Deco Drive» und ist von hohen Mauern umgeben. Die Säulen am Eingang sind in dem Renaissance-Stil gehalten, für den Gianni Versace berühmt war. Am heutigen Morgen fand sich eine riesige Blutlache auf den Stufen vor diesen Säulen, und hunderte von Menschen versammelten sich am gegenüberliegenden Straßenrand.

Zusammen mit Giorgio Armani war Gianni Versace Italiens führender Modedesigner und eine Symbolfigur für die italienische Mode.

Er wurde in Reggio Calabria in Süditalien geboren und begann 1972 als Konfektionsdesigner für diverse Firmen. Seine erste eigene Kollektion brachte er 1978 auf den Markt.

Letztes Jahr kaufte er eine Villa in New York und gestaltete sie nach seinen Plänen um. In den achtziger Jahren wurde sein extravaganter Stil berühmt, den er für Frauen wie für Männer pflegte. Er präsentierte seine Mode auf dem Laufsteg mit lauter Rockmusik, gleißendem Flutlicht und riesigen Video-Leinwänden.

Die Winterkollektion, die er diesen März vorführte, war hingegen gemäßigter. Seine Models präsentierten sie nicht auf dem Laufsteg, sondern im Publikum. Unter den prominenten Gästen waren Andie MacDowell, Elizabeth Hurley, Hugh Grant und Popstar Boy George.

«Ich bin dabei, realistischer zu werden», sagte Gianni Versace bei diesem Anlaß. «Es ist an der Zeit, einen Schritt zurück zu tun und wieder tragbare Kleidung zu zeigen.»

Viel schwarzes Leder war in der Kollektion zu sehen, das ihn ein Jahrzehnt zuvor berühmt gemacht hatte, aber es wirkte nicht hart, sondern elegant, denn Gianni Versace griff zurück auf eher klassisch inspirierte Schnitte.

–Gibt's irgendwas Neues?
–Ja.

«Gianni Versace lebte nach dem Attentat noch 19 Minuten. Eine Kugel trat von hinten in die linke Seite des Kopfes ein und trat vorne durch die rechte Wange wieder aus – darum hatte er auch eine klaffende Wunde auf der rechten Gesichtshälfte und lag in einem See von Blut. Eine andere Kugel blieb oben im Schädel stecken. Beide Geschosse hatten zentrale Stellen im Gehirn verletzt. Er hatte keine Chance zu überleben», sagte sein Notarzt Philip V.

–Na fein, das ist was für die Kunden, die's etwas genauer wissen wollen, aber gibt es schon eine Spur?
–Es gibt Vermutungen. Wo würdest du anfangen zu suchen?
–Nun, es gibt verschiedene Möglichkeiten. Man könnte Verbrecherkarteien studieren...
– Verbrecherkarteien studieren! O.K., Dr. Watson. Hier: Internet, www.fbi.gov, Americas Most Wanted. Diese Liste wird seit 1950 vom FBI herausgegeben, auf ihr standen bisher 449 Verbrecher, von denen 420 gestellt wurden.

– Tot oder lebendig?

– Meistens tot. Wenn man zu den Mördern gehören will, die nicht gefaßt werden, sollte man versuchen, nicht auf diese Liste zu kommen.

– Leuchtet ein. Und welcher von diesen zehn war's dann?

– Witzbold. Ich habe gesagt: Da fängt man an. Und wird vielleicht sogar schon fündig. Sieh dir das hier an.

16. Juli. Seit gestern hat South Beach in Miami Beach nur noch ein Thema: den Mord an Versace. Er wurde vor seinem Haus am Ocean Drive erschossen. Die Polizei vermutet, daß es sich bei dem Täter um Andrew Cunanan handelt, der verdächtigt wird, bereits vier Männer ermordet zu haben. Die Polizei gibt an, bei Cunanan handle es sich um einen Callboy, der wohlhabende ältere Männer als Kunden habe, dennoch sei aber grundsätzlich jeder in Gefahr, der mit ihm in Kontakt gerate.

Ein Nachbar von Versace, Scott B., ist geschockt von der Tat und sagt, er denkt, im Grunde sei die Gegend am Ocean Drive sehr sicher. Jim C., der nur einige Straßen von Versaces Haus entfernt wohnt, sagt: «Jetzt muß man bei jedem aufpassen, der einem über den Weg läuft.»

Versace war eng befreundet mit Madonna und Robert de Niro, die ihn öfter in seiner Villa am Ocean Drive besucht hatten. Er liebte es, über die Straße an den Strand zu gehen, und unternahm gerne Spaziergänge zur Erholung, häufig auch allein. «Er liebte diese Gegend, und es machte ihm Spaß, ohne Bodyguards herumzuflanieren», sagt Jason B., ein Freund von Versace und Herausgeber des *Ocean Drive Magazine*. «In Mailand und Paris war er immer mit Bodyguards und seinem ganzen Troß unterwegs. In Miami war er nicht, um zu arbeiten, sondern um sich zu erholen.»

Gestern abend kamen Dutzende Menschen vor das Haus des Toten und stellten Kerzen auf, um ihre Anteilnahme zu zeigen.

– Andrew Cunanan, O.K.?
– Andrew Cunanan. Was sagt uns das FBI über ihn?

FBI FUGITIVE PUBLICITY – TEN MOST WANTED FUGITIVES – WANTED BY THE FBI

Andrew Philip Cunanan steht in zwei Fällen unter Mordanklage. In drei weiteren Fällen wird er des Mordes verdächtigt.

Er ist angeklagt, Lee M. in Chicago, Illinois, und den Staatsbeamten William R. in Pennsville, New Jersey, ermordet zu haben. Einen weiteren Mord hat er vermutlich an David M. in Chisago County, Minnesota, verübt. Die ermittelnden Behörden nehmen an, daß er in David M.s Jeep Cherokee aus Minnesota geflohen ist.

Einige Tage später fanden die ermittelnden Behörden den Jeep Cherokee in Chicago, Illinois am Straßenrand verlassen vor. Der Wagen stand in der Nähe von Lee M.s Haus. Dort ermittelten die Behörden wegen Lee M.s Ermordung. Der Lexus, Baujahr 1994, der Lee M. gehörte, war verschwunden und tauchte später am Friedhofsparkplatz von Pennsville, New Jersey, wieder auf.

In Pennsville, New Jersey, wurden die ermittelnden Behörden am Freitag, den 09.05., verständigt und zum Friedhof gerufen. Der Friedhofswärter William R., dessen Angehörige ihn vermißt gemeldet hatten, wurde dort ermordet aufgefunden. Auch sein Fahrzeug war abgängig.

Das Fahrzeug des Friedhofswärters, als roter Chevy Pick-up, Baujahr 1995, beschrieben, wurde am 17. Juli in Miami Beach, Florida gefunden. Er befand sich nicht weit von dem Ort, an dem Gianni Versace ermordet wurde. Andrew Cunanan wird auch mit dem Mord an Versace in Verbindung gebracht.

Bemerkungen: Andrew Cunanan trägt möglicherweise eine Brille. Er hat Verbindungen zu Homosexuellen-Kreisen. Andrew Cunanan ist dafür bekannt, daß er sein äußeres Erscheinungsbild oftmals stark verändert.

Wenn Sie irgendwelche Informationen haben, handeln Sie nicht auf eigene Faust. Setzen Sie sich mit Ihrer örtlichen Polizeidienststelle oder Ihrem nächsten FBI-Büro in Verbindung.

Toll Free Hot Line – 1-888-FBI-9800

– Klingt ziemlich beeindruckend. Aber warum soll der Versace erschossen haben? Kannten sie sich?

– Immer hübsch der Reihe nach. Ich glaube, dieser Andrew Cunanan-Typ ist es in jedem Fall wert, daß wir uns mit ihm beschäftigen. Zumindest, solange es auch die Behörden tun. Wir sollten, denke ich, wirklich ganz von vorne anfangen.

– Du besorgst alles verfügbare Material aus dem Internet. Ich werde alle greifbaren Agenturmeldungen zusammensuchen.

– Ist kein Problem. Morgen hast du sämtliches Zeug auf dem Schreibtisch, das je über Andrew Cunanan geschrieben wurde.

– Gut. Vor allem will ich erst mal wissen: Womit begann seine Reise? Wann begab er sich auf den Weg? Wann faßte er den Entschluß, sich aus San Diego zu verabschieden, um Menschen umzubringen?

Also, schießen wir los.

Am 24. April gab Cunanan ein Abendessen im «California Cuisine», einem ebenso teueren wie modischen Lokal in San Diego, Kalifornien. Er bezeichnete dies als seine Abschiedsparty. Er erzählte seinen Bekannten, er werde nach San Francisco umziehen. Andere berichten, er habe gesagt, daß er geschäftlich in Minneapolis zu tun habe.

– Sag mal, ältere Sachen hast du nicht gefunden?

– Du machst mir Spaß. Ich bin gestern bis um eins hier am Computer gesessen und habe das gesamte Netz nach Cunanan-Artikeln durchgefilzt. Ich schwöre dir, daß es keine älteren Artikel gibt.

– Hast du auch schon jedem erzählt, daß du gestern bis um eins hier warst?

– Jedem, der es wissen muß.

– Tu Gutes und rede darüber, wie?

– Ich bin jung, ich habe Familie, ich muß sehen, daß ich vorwärtskomme!

– Ist ja gut. Hast du dich eigentlich gefragt, warum am 24. April einige auf der Party zu hören bekamen, Cunanan wolle nach San Francisco umziehen, andere, er werde «geschäftlich» nach Minneapolis reisen?

– Möglicherweise war er sich noch nicht ganz sicher. Vielleicht baute er seine Story im Verlauf des Abends um, erweiterte sie, vielleicht sagte er: «O.K., ich werde zuerst in Minneapolis einige Geschäfte abwickeln müssen, bevor ich in San Francisco meinen neuen 100 000-Dollar-Job antrete.»

– Er soll sich in den vergangenen Monaten ziemlich verändert haben. Er soll dicker geworden sein und zu trinken angefangen haben. Einige behaupten, er habe Liebeskummer gehabt.

– Wie sah seine finanzielle Situation aus?

– Sein Konto war böse überzogen, seine einzige «offizielle» Einnahmequelle war ein Aushilfsjob in einer Drogerie.

– Und doch diese aufwendige Abschiedsparty …

– Ja, überhaupt: Es gelang ihm, bis zu seinem Untertauchen zumindest den Anschein einer ziemlich luxuriösen Existenz zu wahren.

Einige Bekannte erinnern sich an den 27jährigen Cunanan als intelligenten Zeitgenossen mit guten Manieren, der mehrere Sprachen fließend sprach und jeder noch so anspruchsvollen Unterhaltung gewachsen war.

– Ah, interessant wäre natürlich die Untersuchung des IQs dieser Bekannten.

Andere beschreiben Cunanan als extravaganten «party boy» und Gelegenheits-Model, der vom Geld älterer, wohlhabender Homosexueller lebte, denen er Gesellschaft leistete.

«Er wußte dafür zu sorgen, daß seine Wohltäter nicht das Interesse an ihm verloren», sagt Nicole R., Gesellschaftsjournalistin der *Gay and Lesbian Times* in San Diego. «Er war immer nach der neuesten Mode gekleidet … Er wollte sicher sein, daß diese Männer ihn weiterhin unterstützen.»

– Aber seine Methode, «diese Männer» für sich einzunehmen, hat sie uns jetzt leider nicht verraten.

– Da gehört ja wohl nicht allzuviel Phantasie dazu.

– Oder eben doch, hahaha.

Der Betreiber eines Restaurants in San Diego, in dem er häufig verkehrte, sagt, Cunanan sei ständig damit beschäftigt gewesen zu prahlen.

«Aber er hatte den Dreh gut raus, dabei nicht unglaubwürdig zu werden», sagt Anthony W. von «California Cuisine», wo Cunanan seine Abschiedsparty schmiß. «Er trieb es nie so weit, daß man sich gedacht hätte ‹was für ein verdammter Aufschneider›.»

Freunde sagen, er sei ständig um Aufmerksamkeit bemüht gewesen. «Er wollte immer im Mittelpunkt stehen, die ganze Welt sollte sich um ihn drehen», sagt einer von ihnen, der ungenannt bleiben will. «Jetzt ist er irgendwo da draußen und genießt das alles und sucht sich sein nächstes Opfer.»

– Da hat ja jemand mächtig Schiß.

– Hättest du auch an seiner Stelle. Sag mal, gab es eigentlich niemand, mit dem Cunanan so richtig eng befreundet war, mit dem er zum Beispiel zusammen wohnte?

– Nicht, daß ich wüßte. Aber gut, daß du das erwähnst, denn es gibt da so eine Geschichte, die ein Anwalt aus San Diego erzählt hat, die klingt wirklich merkwürdig. Irgendwie gibt sie schon so einen unheimlichen Vorgeschmack von dem, was bald folgen sollte.

Philip H., ein Rechtsanwalt aus San Francisco und ein Bekannter Cunanans, sagt, sie hätten vor vier Wochen beschlossen, zusammenzuziehen. Sie hätten ihre Pläne bei einem Abendessen am 19. April besprochen.

«Er sagte, er werde drei bis vier Wochen unterwegs sein, nach seiner Rückkehr den Mietvertrag unterschreiben und mich anrufen», berichtet Philip H. Er habe Cunanan vor zwei Jahren durch einen gemeinsamen Freund kennengelernt. Andrew Cunanan habe sich damals als gutverdienender Geschäftsmann präsentiert. Philip H. erklärt, er habe Cunanan nicht gut gekannt, aber ein langjähriger Freund habe sich für seinen einwandfreien Charakter verbürgt. Cunanan habe ihm erzählt, er wolle ein Appartement für 2000 Dollar monatlich in San Francisco mieten, brauche aber jemanden, der sich darum kümmere, weil er sehr oft auf Reisen sei. Philip H. hätte 600 Dollar monatlich bezahlen sollen.

Philip H. sagte, er sei äußerst beunruhigt gewesen, als Cunanan bei einem gemeinsamen Motorradausflug plötzlich angefangen habe, über seine sadomasochistischen Phantasien zu reden, und gesagt habe, er schätze «Gesichtsmasken aus Latex mit nur zwei kleinen Öffnungen für die Nasenlöcher».

– Uuuuh, jetzt sind wir beim Thema!

– Da wird sich der Rechtsanwalt die Sache wohl noch mal überlegt haben.

– Ist anzunehmen. Immerhin wird aber deutlich, daß Cunanan offensichtlich wirklich nach San Francisco umziehen wollte.

–Wer sagt dir, daß er es ernst meinte? Vielleicht wollte er auch nur, daß dieser Rechtsanwalt herumerzählt, er würde mit ihm eine Wohnung in San Francisco nehmen.

–Warum sollte er nicht wirklich die Absicht gehabt haben, mit Philip H. zusammenzuziehen?

–Weil er es so deutlich gesagt hat. Und außerdem war vor seiner Reise nach Minneapolis nichts in seinem Leben das, was es zu sein vorgab.

–Wie meinst du das?

–Na ja, er war *nicht* reich, sondern pfiff aus dem letzten Loch, er war *kein* erfolgreicher Geschäftsmann, sondern eine männliche Nutte – noch dazu eine, deren Chancen im Sinken begriffen waren. Kurz und gut, es war *nicht* alles in Ordnung, sondern die Katastrophe stand unmittelbar bevor. Und: Er kaufte kein Rückflugticket nach Minneapolis, sondern ein One-way-Ticket.

–Oder aber er wollte doch nach San Francisco umziehen und zuerst versuchen, in Minneapolis an Geld zu kommen, ohne allerdings genau zu wissen, wie.

–Zum Beispiel durch ein paar ordentliche Morde.

–Nicht unbedingt. In Minneapolis lebte sein früherer Freund und Gönner David M. Ein 33jähriger Architekt, für sein Alter überdurchschnittlich vermögend.

–Du denkst, er ist zunächst mal nur nach Minneapolis geflogen, um den anzupumpen?

–Warum nicht. So hat er sich immer sein Geld verschafft.

– David M. war ein anständiger Typ, vielleicht hätte er ihm wirklich was gegeben?

– Ja, und er hatte mal was mit Cunanan.

– Was sagt uns das?

– Na ja, das hat zumindest etwas ... na ja, sagen wir: Verpflichtendes.

– Du denkst an Erpressung?

– Nein, überhaupt nicht. Ich denke, Cunanan dachte, David M. würde ihn möglicherweise einfach nur loswerden wollen und wäre eventuell bereit, dafür Geld zu bezahlen. Vielleicht hat er sich gedacht: «Ich werde ihn so lange nerven, bis er mich auszahlt.»

– Kann ich mir nicht vorstellen. Wäre das nicht ein bißchen zu weit unter seiner Würde gewesen? Ich meine, er war doch der Callboy, der Party Boy ...

– Wenn die Party aber vorbei ist und er nicht mehr gecallt wird, steht so einer ziemlich alleine da. Er war sicher klug genug, das in aller Deutlichkeit zu erkennen.

– Noch mal: Cunanan war vollkommen blank, als er nach Minneapolis aufbrach, und David M. war ein gutverdienender Architekt. Vielleicht war es David M., der ihn jahrelang ausgehalten hatte, und nachdem er Cunanan verlassen hatte, hatte der nicht nur seinen Lover, sondern auch seinen Geldgeber verloren.

– Er hatte 25 000 Dollar Miese auf seinem Konto, du kannst sicher sein, daß die Bank hinter ihm her war wie sonstwas.

– Gleichzeitig begann er zu saufen und Drogen zu nehmen.

–Er wurde fett.

–Nicht gerade geschäftsfördernd.

–Na, du solltest mal einen Blick in den Spiegel riskieren.

–In unserer Branche ist das ein Zeichen des Erfolgs. Die erfolgreichsten Journalisten sind immer die fettesten. Bürschchen wie dich, die von der Pietistenfraktion, zerdrücken wir glatt an der Wand.

–Kaffee?

–Lieber ein Bier.

–Weißt du, ich glaube, er ist einfach nach Minneapolis geflogen, um sich mit David M. auszuquatschen. Er wollte versuchen, sich mit ihm zu versöhnen.

–Und er hat dabei vielleicht schon daran gedacht, ihn ein bißchen umzubringen, falls es nicht klappt. Sieh mal, zum Beispiel Norman B.: ein sehr erfolgreicher Geschäftsmann, etwa sechzig Jahre alt, der eine Traumvilla in La Jolla besitzt, von der aus man einen unglaublichen Blick auf den Pazifischen Ozean genießt. Dieser Mann hatte Cunanan bis vor ein paar Wochen 2500 Dollar monatlich gegeben und ihm seine Kreditkarten überlassen, er kaufte ihm sogar einen Wagen. Dieser Typ war ihm vor einigen Monaten abgesprungen – no cash flow, das war das Problem, glaub's mir.

–Er hat sicher versucht, auf Mitleid zu machen. «Sieh her, seit du weg bist, trinke ich und nehme Drogen, werde fett und unansehnlich – alles nur, weil du mir fehlst. Wenn du mich schon nicht mehr liebst, dann gib mir wenigstens dein Geld!»

–Und David M. sagte natürlich: «Hau ab!»

–O.K., die Fakten: Andrew Cunanan flog am 25. April nach Minneapolis ...

–... und besuchte David M. in dessen Appartement.

–Am selben Abend wollen Nachbarn Geschrei aus der Wohnung vernommen haben.

–Es soll sich angehört haben wie: «Hau endlich ab!» oder so.

–Vielleicht sind wir also ganz nah dran.

–Ja, aber wir haben noch nicht geklärt, welche Rolle Jeffrey T. bei der ganzen Sache spielte.

–Andrew Cunanan kannte Jeffrey T. aus San Diego. Jeffrey T. war ein ehemaliger Navy-Soldat, 28, selbstverständlich auch schwul, und er kannte auch David M.

–Es gibt eine Anklageschrift vom Chisago County District Court, die veröffentlicht wurde ...

Am 3. Mai entdeckten zwei Angler die Leiche eines männlichen Erwachsenen in einer Wiese nahe der Uferböschung des East Rush Lake. Die Angler verständigten das Chisago County Sheriff's Department, das mehrere Deputies zum Fundort entsandte. Die Deputies stellten fest, daß es sich um die Leiche eines Mannes Ende zwanzig, Anfang dreißig handelte. Die Leiche wies mehrere Einschußwunden am Kopf auf. Die Deputies fanden des weiteren Spuren eines Kraftfahrzeugs vor, die zum Fundort der Leiche führten, dort einen Halbkreis beschrieben und wieder zurück verliefen.

Die Deputies suchten die Gegend ab und fanden zwei leere Patronenhülsen, die aus einer Remington/Peters, Kaliber 40, stammten, sowie Schlüssel zu einem Kraftfahrzeug der Marke Chrysler. Bei der Leiche wurde nichts gefunden, was ihre Identifikation ermöglicht hätte. Sie wurde sodann der Mordkommision übergeben, die eine Autopsie anordnete. Das Chisago County Sheriff's Department veröffentlichte anschließend eine Informationsschrift über den Toten, die Auskunft über dessen Größe, Gewicht, Haarfarbe und ungefähres Alter gab.

Bald danach nahmen die Polizeibehörden von Minneapolis durch Sergeant Bryan S. Kontakt mit dem Chisago County Sheriff's Department auf und teilten den Ermittlern mit, daß der am Rush Lake aufgefundene Erschossene der Beschreibung entspricht, die im Zusammenhang mit Untersuchungen in einem Mordfall in Minneapolis gegeben wurde. Sergeant Bryan S. gab an, der Name des Vermißten sei David M. Der Sergeant machte weitere Angaben zu den Ermittlungen in Minneapolis.

Am 29. April setzte sich ein Arbeitskollege von David M. mit dem Hausmeister des Appartementhauses 280, 2nd Ave. N., in Minneapolis in Verbindung. David M. war der Mieter von Appartement 404 des genannten Hauses. Der Arbeitskollege erklärte dem Hausmeister, David M. sei seit zwei Tagen seinem Arbeitsplatz ferngeblieben, er, der Arbeitskollege, mache sich Sorgen um David M.s Verbleib. Der Arbeitskollege David M.s forderte den Hausmeister auf, David M.s Appartement aufzusuchen. Der Hausmeister bat einen Mieter des Hauses um Mithilfe, und sie begaben sich zu dritt zu dem Appartement 404. Mit dem Generalschlüssel des Hausmeisters verschafften sie sich Zutritt. Dort fanden sie, eingerollt in einen schweren Teppich, eine Leiche vor. Sie entdeckten Blutspuren auf dem Boden und an der Innenseite der Wohnungstür. Sie verließen die Wohnung und riefen die Polizei.

Das Minneapolis Police Department leitete Ermittlungen ein, die ergaben, daß es sich bei der Leiche in David M.s Appartement um einen gewissen Jeffrey T., einen Bekannten David M.s, handelte. Nachdem die Ermittler herausgefunden hatten, daß es sich bei der in den Teppich eingerollten Leiche nicht um David M. handelte, erwirkten sie einen Durchsuchungsbeschluß für das Appartement. Im Verlauf der Durchsuchung wurde ein Hammer mit Blutspuren daran gefunden. Des weiteren wurde ein kleiner Rucksack gefunden, der mit dem Namen «Andrew Cunanan» beschriftet war. In diesem Rucksack befanden sich der leere Halfter einer Handfeuerwaffe und eine Schachtel Munition der Marke «Remington/Peters brand .40 caliber Golden Saber». 15 Lagen befanden sich in der Schachtel, 10 waren herausgenommen. Es wurde keine Waffe in dem Appartement gefunden.

Während die Beamten ermittelten, erschien eine

Freundin in David M.s Appartement. Es handelte sich um Ms. Petra H. Sie gab an, gekommen zu sein, weil sie sich Sorgen um David M. mache, nachdem sie von einem Freund gehört habe, daß er, David M., seit zwei Tagen nicht an seinem Arbeitsplatz aufgetaucht sei. Sie teilte weiter mit, daß sie sich mit David M. und dessen Freund Andrew Cunanan aus Kalifornien am Freitag, den 25. April, zum Abendessen in «Nye's Restaurant» getroffen habe. Am 26. April habe David M. sie angerufen, um zu fragen, ob sie abermals mit ihnen zu Abend essen wolle, aber sie sei anderweitig verabredet gewesen. Am Sonntag, den 27. April, habe sie morgens mit David M. telefoniert, der ihr erzählt habe, er und Andrew Cunanan seien tags zuvor im «Monte Carlo Restaurant» zum Dinner gewesen und anschließend ins «Gay 90's» zum Tanzen gegangen. Andrew Cunanan habe die Nacht bei einem anderen Freund verbracht, den sie als T. J. oder J. T. kenne.

Ms. Petra H. teilte des weiteren mit, daß David M. und Andrew Cunanan homosexuell und miteinander liiert gewesen seien. Allerdings habe David M. ihr erzählt, er habe das Verhältnis beendet, weil er Andrew Cunanan für «undurchsichtig» halte und nicht ausschließen könne, daß er in «zwielichtige» Angelegenheiten verwickelt sei. Ms. Petra H. gab an, daß David M. Andrew Cunanan während eines Urlaubs in Kalifornien kennengelernt habe. Sie habe mit David M. letztmals am 27. April gesprochen.

Ein Nachbar David M.s äußerte gegenüber der Polizei, er habe am Abend des 27. April ungewöhnlichen Lärm gehört, der aus dem Appartement 404 gekommen sei. Er erinnere sich, eine männliche Stimme sehr laut schreien gehört zu haben. Es sei etwas wie: «Sieh bloß zu, daß du abhaust!» gewesen. Dann habe er dumpfe Schlaggeräusche gehört. Das Geschrei und die Schläge hätten etwa dreißig bis fünfundvierzig Sekunden angedauert und dann aufgehört. Er sei auf den Hausflur hinausgegangen, habe aber niemand gesehen. Dann habe er gehört, wie in Appartement 404 ein Wasserhahn gelaufen sei.

Die Ermittler stellten fest, daß David M.s Telefonanlage über einen «caller ID» verfügte, der es ermöglichte, Anrufer anhand ihrer Nummer zu identifizieren. Am 27. April um 11:05 h war ein Anruf erfolgt, der, wie das Gerät anzeigte, vom Apparat des Fernsprechteilnehmers Jeffrey T. gekommen war.

Ein Ermittler wählte Jeffrey T.s Nummer und sprach mit einer männlichen Person, die angab, homosexuell und mit Jeffrey T. liiert zu sein. Er habe am 27. April um 11:05 h bei David M. angerufen, um nachzufragen, ob dieser wisse, wo Jeffrey T. verblieben sei. Der Mann teilte mit, daß er Jeffrey T. beim Bloomington Police Department als vermißt gemeldet habe.

Weiter gab er an, er habe mit Jeffrey T. zuletzt am 27. April um 9:00 h gesprochen. Jeffrey T. habe ihm gesagt, er werde sich am Abend mit Andrew Cunanan in einem Café in der Nähe des «Gay 90's» treffen, er könne ebenfalls dorthinkommen. Jeffrey T. habe ihm erzählt, Andrew Cunanan wolle die kommende Nacht in David M.s Appartement verbringen. Der Mann teilte mit, er habe Jeffrey T. an diesem Abend nicht getroffen, obwohl er am vereinbarten Ort gewesen sei. Jeffrey T. sei am nächsten Tag auch nicht zur Arbeit erschienen, was er wisse, weil sie Arbeitskollegen bei der Ferrell Gas Company seien.

Während der Autopsie von Jeffrey T. wurde festgestellt, daß seine Armbanduhr am 27. April um 9:55 h stehengeblieben ist.

Am 6. Mai sprachen die Ermittler mit anderen Personen, die angaben, David M. und Andrew Cunanan zu kennen. Andrew Cunanan habe ihnen gegenüber behauptet, er sei nach Minnesota gekommen, um mit Jeffrey T. Geschäfte abzuwickeln und bei dieser Gelegenheit David M. zu besuchen. Sie sagten, Andrew Cunanan und David M. seien homosexuell und miteinander liiert, und David M. habe sich Sorgen um Andrew Cunanan gemacht.

Ebenfalls am 6. Mai sprach ein Ermittler mit einem Mann, der berichtete, am selben Tag auf der Interstate 35 von Minneapolis in nördlicher Richtung unterwegs gewesen zu sein. Während der Fahrt wurde er auf einen roten Cherokee Jeep vor sich aufmerksam.

– Das müßte reichen, um den Kerl für den Rest seines Lebens hinter Gitter zu bringen.

– Das ist die Frage. Viel von der Kohärenz, die der Text vermittelt, wird durch die vermeintlich sachliche Behördensprache suggeriert, deren er sich bedient, sowie durch nebensächliche, aber dennoch ausführlich erörterte Zusammenhänge, die nichts oder nur wenig erhellen.

– Hä? Jetzt hör mir mal zu, mit so einem Gefasel konntest du vielleicht an der Uni Eindruck schinden, aber nicht bei mir. Der Typ hat zwei Leute umgebracht, das steht hier schwarz auf weiß!

– Gewiß. Aber das beweist nichts. Nimm zum Beispiel das Nummernschild. Ein Autofahrer hat auf der Interstate 35 David M.s Cherokee Jeep gesehen und sich an dessen letzte drei Buchstaben erinnert: LUG.

– Und?

– Es besteht allenfalls eine gewisse Wahrscheinlichkeit, daß es tatsächlich David M.s Cherokee Jeep war, den der zitierte Autofahrer auf der Interstate 35 gesehen hat. Das dürfte aber für eine Anklage wegen Mordes ein bißchen wenig sein. Dennoch sind es Geschichten und Details dieser Art, die am Ende den Eindruck erzeugen, alles hänge irgendwie mit allem zusammen und die Anklageschrift decke diese Zusammenhänge nur auf. In Wirklichkeit stellt sie sie überhaupt erst her. Im übrigen ist es nicht mein Problem, daß du nicht studiert hast. Ich habe den Eindruck, du weißt mir sehr gut zu folgen.

–Das ehrt mich sehr, wirklich. Dennoch: Du vergißt die beiden Leichen. Die waren schon da, bevor die Anklageschrift geschrieben wurde.

–Sicher. Aber die Anklageschrift stellt eine Beziehung zwischen den Morden und Andrew Cunanan her, die letztlich nur auf Vermutungen basiert. Ebensogut könnte sie ein anderer begangen haben.

–Zum Beispiel der in solchen Fällen vom Hauptverdächtigen gerne eingeführte große Unbekannte ...

–Nicht unbedingt. Vielleicht irgendeiner der übrigen Beteiligten, der es verstanden hat, den Verdacht auf Cunanan zu lenken? Wie sieht es etwa mit dem eifersüchtigen Freund von Jeffrey T. aus, der am 27. April um 9:00 h letztmals mit ihm telefonierte? Hätte der nicht ein gutes Motiv?

–Wenn, dann eines: Cunanan umzubringen.

–Muß nicht sein. Die Wege der Eifersucht sind unergründlich. Was ich sagen will: Es würde nicht mehr Mühe bereiten, gegen den gehörnten Liebhaber von Jeffrey T. eine Anklageschrift zu verfassen als gegen Andrew Cunanan.

–Aber das wäre doch haarsträubend. Es wäre falsch. Und du weißt es!

–Cunanan gibt in jedem Fall die bessere Story ab. Für den Staatsanwalt wie für unsereinen. Das ist klar. Trotzdem würde ich gerne zusammenfassen, was uns die Anklageschrift ohne ihre ominösen Details verrät.

–Bitte.

–Andrew Cunanan flog am 25. April von San Diego

nach Minneapolis und traf sich dort zum Abendessen mit seinem Ex-Lover David M. und einer Bekannten. Nach dem Essen gingen sie tanzen, Cunanan traf auf einen weiteren Ex-Lover, Jeffrey T., und verbrachte die Nacht in dessen Appartement. Am 26. April abends ging Andrew Cunanan erneut mit David M. aus. Am 29. April wurde Jeffrey T. in David M.s Appartement erschlagen aufgefunden.

– O.K., du hast recht, es sind erst die Details, die den Mordvorwurf gegen ihn begründet erscheinen lassen. Aber dann kommt es eben in Gottes Namen auf diese Details an, was ist daran verkehrt? Wir leben schließlich von ihnen.

– Nichts ist verkehrt an diesen Details. Sie sind nur höllisch schwer zu deuten, und ich mag es nicht, wenn mir von Staatsanwälten scheinbar perfekte Erklärungen zu einem Zeitpunkt präsentiert werden, zu dem offensichtlich ganz und gar nichts geklärt ist. Das macht die Geschichte kaputt.

– Apropos Details. Hast du schon mal gesehen, wie das aussieht, wenn einer mit dem Hammer erschlagen wurde?

– Ach komm, hör doch auf!

– Ich habe bei der Polizei Bilder gesehen, wie das aussieht. Große, farbige Hochglanzabbildungen – «in Lebensgröße» sozusagen. So ein Kopf ist dann nur noch ein einziger haariger, blutiger, roter und gelber Brei, in dem nichts mehr da ist, wo es hingehört, Augen, Zähne ...

–Es ist pervers, sich so was aus Sensationsgier anzuschauen. Gelb?

–Ja, die Lymphe, das Gehirn. Weitere Einzelheiten will ich dir ersparen. Meine Güte, man kann es sich nicht vorstellen, wenn man es nicht gesehen hat ...

–Wann haben sie dir diese Fotos gezeigt?

–Wir waren eine Gruppe junger Polizeireporter, die zu Ausbildungszwecken da so in eine Art Schreckenskammer der Polizei eingeladen wurden. Gewissermaßen so eine Art Lehrmittelsammlung für den Unterricht über Gewaltverbrechen. Waffen, Marterinstrumente, Briefe von Selbstmördern, Schußanlagen, Reliquien berühmter Überfälle, Raube und Morde – und eben diese Tatortfotos. Was soll man zum Beispiel über Bilder sagen, die eine auf gräßlichste Weise zu Tode gefolterte Frau zeigen? Und was soll man sagen, wenn man erfährt, daß der Täter ihr Ehemann war? Was soll man sagen, wenn man sich umsieht und erkennen muß, daß Grausamkeit und Mordlust offenbar keine Grenzen gesetzt sind? Sie sind überwältigend, unvorstellbar, glaub mir...

–Es ist entsetzlich ... Gibt es neue Nachrichten?

–Ich hole Kaffee.

–Für mich ...

–... Bier?

–Ja. Ein Bier, danke.

–Was denkst du: Wie fühlt man sich, wenn man so eine Tat begangen hat?

–Ich glaube, das vorherrschende Gefühl ist das, nicht mehr zurückzukönnen.

–Zurück nach San Diego?

–Nein, das Gefühl der Unabänderlichkeit. Ich stelle mir vor, wie Cunanan in dem roten Cherokee Jeep auf der Interstate nach Chicago unterwegs ist und versucht, mit dem Gedanken klarzukommen, daß er jetzt ein Doppelmörder ist, jemand, der *deshalb* nie wieder zurückkann.

–Also doch auch zum Beispiel nicht mehr zurück nach San Diego?

–Meinetwegen. Auch nicht mehr zurück nach San Diego. Aber vor allem nicht mehr zurück in die Gesellschaft. Er ist schon dadurch gebrandmarkt, daß er sich verstecken muß, daß jede Begegnung mit einem anderen seine Entdeckung nach sich ziehen könnte. Er weiß, daß er das Kainsmal auf der Stirn trägt, aber er weiß nicht, wann es für die anderen sichtbar werden wird. Er fährt runter von der Interstate und kauft sich einen Schokoriegel an der Tankstelle. Er weiß, daß er dabei sein Leben riskiert. Er weiß, daß dies von jetzt an immer so bleiben wird, egal, ob er sich im Laden gegenüber eine Cola holt, bei Tageslicht auf die Straße geht, ein Motelzimmer nimmt oder was auch immer tut.

–Dafür beweist er eine erstaunliche Kondition. Immerhin ist er jetzt schon seit zweieinhalb Monaten auf Tour. Vielleicht gefällt es ihm ja auch. Ich denke, man muß sich in seiner Situation schon ein bißchen als Übermensch fühlen, wenn es denn weitergehen soll.

–Ja, und vermutlich muß man auch weitermorden.

– Um sich selbst zu beweisen, daß man da nicht zufällig hineingeraten ist, daß es Absicht war, daß man wirklich eine Ausgeburt des Bösen ist.

– Um sich zu dem zu machen, was man in den Augen der Gesellschaft längst ist.

– Und um noch ein paar mitzunehmen, bevor man selbst an der Reihe ist.

07. Mai. Während die Polizei damit beschäftigt ist, Beweise zu sichten, versuchen Familie und Freunde den gewaltsamen Tod Lee M.s zu verdrängen, indem sie sich an den großen Menschenfreund erinnern.

«Dieser Mann war die Erfüllung des Amerikanischen Traums», sagt J. Paul B., der Lee M.s Partner in deren gemeinsamer Immobilienfirma M. & B. Inc war.

Lee M., 72, gehörte zur absoluten Spitze der Chicagoer Oberschicht. Er und seine Frau, die Kosmetik-Magnatin Marylin M., waren bekannt als Menschen, denen soziales Engagement besonders am Herzen lag.

Letztes Wochenende fand sein Leben ein blutiges Ende. Sein verstümmelter Körper wurde in der Garage seines Hauses an der «Gold Coast», einer der nobelsten Gegenden Chicagos, gefunden. Seine Leiche war eingewickelt in Packpapier und Paketklebeband.

Am Mittwoch hatte die Polizei mitgeteilt, das

Auto eines Mordopfers aus Minneapolis sei an der Chicagoer «Gold Coast» gefunden worden. Es werde ein Mann aus San Diego gesucht, der im Verdacht stehe, zwei Morde in Minneapolis begangen zu haben. Die Polizei vermutet, daß der 33jährige mit dem Fahrzeug seines mutmaßlichen Opfers David M. geflohen ist. David M. war am Samstag erschossen aufgefunden worden.

Der Mann aus San Diego wird auch im Zusammenhang mit einem Mord gesucht, der sich am vergangenen Wochenende in David M.s Appartement ereignet hatte. Dort wurde ein Mann erschlagen aufgefunden.

Die Chicagoer Polizei teilte am Mittwoch morgen mit, daß es sich bei dem aufgefundenen Fahrzeug um einen roten Cherokee Jeep handelt. Es wurde jedoch nicht mitgeteilt, wo genau das Auto gefunden wurde. Allerdings haben wir von CBS-Radioreporter Brent H. aus einem Radiointerview mit Radio WDDO erfahren, daß einem Verkehrspolizisten das Fahrzeug eine Straße vom Tatort entfernt aufgefallen war. Brent H. sagte, der Streifenbeamte habe Verdacht geschöpft, nachdem er den dritten Strafzettel für den Wagen ausgestellt hatte und er das Kennzeichen aus dem Bundesstaat Minneapolis bemerkt hatte.

Es gab bisher keine Verhaftungen, und Lee M.s Wagen, ein 1994er Lexus, ist nach wie vor verschwunden.

Lee M. wurde zuletzt am Samstag nachmittag gesehen. Erst am Sonntag morgen meldete seine Frau Marylin M. ihren Mann vermißt, nachdem sie von einer Geschäftsreise aus Toronto zurückgekehrt war. Berichten zufolge fand sie das Tor zur Auffahrt unverschlossen vor, es fiel ihr aber ansonsten nichts auf, was auf einen Einbruch hingewiesen hätte.

Frau Marylin M. entdeckte Bartstoppeln in einem Waschbecken im Bad, ein halb aufgegessenes Schinkensandwich und schmutziges Geschirr in der Küche, was ihr merkwürdig vorkam. Als sie im Schlafzimmer eine Pistole fand, rief sie die Polizei. Es stellte sich heraus, daß die Waffe nicht echt war.

Lee M.s Leiche wurde in der Garage gefunden, sie lag zur Hälfte unter einem der eingestellten Wagen. Sein Genick war gebrochen, seine Brust wies eine Vielzahl von Stich- und Schlagwunden auf.

Superintendent Rodriguez M. sagte, Lee M. sei zu Tode gefoltert worden, wollte aber keine näheren Angaben machen. Er sagte, die Polizei vermute, der oder die Mörder hätten die Nacht in Lee M.s Haus verbracht, hätten sich darin bewegt und Nahrung zu sich genommen.

Brent H. sagte gegenüber Radio WDDO, der Mörder habe es sich in Lee M.s Haus «gemütlich» gemacht. Der Mörder habe Lee M. eine Plastiktüte über den Kopf gezogen, um ihn zu quälen.

Die Polizei ist bisher im unklaren über das Motiv der Tat, und es ist unklar, ob Täter und Opfer sich kannten. Neben Lee M.s Lexus fehlten seine Lederjacke, seine Armbanduhr und 2000 Dollar aus seiner Brieftasche, berichtet die *Chicago Tribune* unter Berufung auf das Ergebnis polizeilicher Ermittlungen.

– Das klingt ja alles noch nicht sehr schlüssig.

– Ach was, liegt doch alles auf der Hand! Andrew Cunanan, der schwule Serienkiller aus San Diego, fährt im roten Cherokee Jeep seines letzten Opfers – *dieses* war übrigens 33, nicht Andrew Cunanan, er ist 27, haben die Berichterstatter wohl durcheinandergebracht – er fährt also von Minneapolis nach Chicago. Dort parkt er zwei Häuser neben dem Lee M.s, marschiert hinein und foltert ihn zu Tode. Es gibt keine Spuren eines gewaltsamen Eindringens, das bedeutet: Andrew Cunanan und Lee M. kannten sich. Cunanan war, wie wir wissen, Sadomasochist, Lee M. wurde zu Tode gefoltert, also hatten die beiden zunächst Spaß miteinander, bis Cunanan da weitermachte, wo er in Rush Lake aufgehört hatte. Wo ist das Problem?

– Das Problem ist, daß kein Wort von dem, was du sagst, wahr ist.

– Na und? Es ist eine gute Geschichte. Morgen sieht vielleicht alles wieder ganz anders aus, dann schreiben wir eben eine neue …

– Lee M. kannte Cunanan nicht, und Lee M. war definitiv nicht schwul. Er war glücklich verheiratet und hatte einen Sohn.

– Was, wie wir wissen, gar nichts beweist.

– Doch, in diesem Fall schon. Lee M. war eine höchst respektable Person. Ich meine, kein Saubermann mit geheimer Schmuddelseite, sondern wirklich eine integre Persönlichkeit.

– Woher willst du das denn wissen?

– So reden alle über ihn, die ihn kannten.

– Das macht man eben so, wenn einer stirbt. Erst recht, wenn einer umgebracht wird. Das heißt doch nichts.

– Du bist widerwärtig. Und du hast keinerlei Beweise für das, was du sagst.

– Du ja auch nicht.

– Mag sein, daß du dich gut mit dem Computer auskennst und mehr über Medientheorie weißt als ich, Freundchen. Aber ich habe einen Riecher wie ein Bluthund!

– Darum hat uns die Chefredaktion ja auch zusammengesteckt. Wenn sich erst mal mein Geist mit deinem Instinkt verbindet, dann, dann ...

– Ja, ich denke auch, daß es dieser synergetische Effekt ist, den unsere Chefs erzeugen wollten. Das Ergebnis wird sie in jedem Fall beeindrucken.

– Was hast du eigentlich vor?

– Wir werden einen ganz groß aufgemachten Hintergrundbericht über Cunanan schreiben, mit einer Unzahl von Fakten.

– Die Chefredaktion wird begeistert sein.

09. Mai. Andrew Philip Cunanan war eine bekannte Größe in der San Diegoer Schwulenszene. Er war ein «party boy», der über unbegrenzte Geldmittel zu verfügen schien. Er liebte es, großzügige Essenseinladungen zu geben und seine Freunde mit teuren Geschenken zu überraschen.

Aber seit dem 24. April hat ihn niemand mehr gesehen. Nach Auskunft der Polizei hat er San Diego am folgenden Tag verlassen.

Andrew Cunanan wird seit Freitag landesweit gesucht. Er wird mit drei Morden in Verbindung gebracht, die im Mittleren Westen verübt wurden. Die Polizei schließt nicht aus, daß Andrew Cunanan in allen drei Fällen der Täter sein könnte.

Die Suche nach dem mutmaßlichen Serienkiller konzentriert sich jetzt auf Philadelphia und Umgebung, wie Radio WDDO am Freitag morgen berichtete. Dort wurden einige Telefongespräche aus dem Wagen registriert, in dem Andrew Cunanan vermutlich unterwegs ist.

Die Polizei von Philadelphia hat unterdessen einen Fahndungsbericht veröffentlicht. Detective Oscar O. von der Mordkommission teilte *Associated Press* mit, Andrew Cunanan fahre einen grünen 1994er Lexus. Der Wagen gehöre Lee M., dem Immobilien-Magnaten aus Chicago, der am vergangenen Wochenende ermordet in seinem Haus an der Chicagoer «Gold Coast» aufgefunden worden war. Oscar O. zeigte sich unzufrieden darüber, daß eine Unterabteilung der Mordkommission den Fahndungsbericht ohne sein Wissen herausgegeben habe.

Die Polizei bestätigte, daß sie am Donnerstag einige Telefonate aus Lee M.s Wagen empfangen hat. Die Polizeisprecherin Carmen T. teilte mit, das erste Signal sei am Donnerstag etwa um 13:30 h registriert worden, ein zweites etwa um 15:00 h.

Am Freitag berichtete die *Chicago Tribune* unter Berufung auf eine nicht näher bezeichnete Quelle, die Polizei habe Funksignale empfangen, als das Autotelefon in Lee M.s Wagen aktiviert worden sei. Allerdings, berichtete die Tribune weiter, wollte die Polizei dies bis Freitag nachmittag nicht bestätigen.

«Wir sind ziemlich sicher, daß er eine Menge Freunde und Bekannte an der Ostküste hat – überall, in Washington D.C., in Boston und in New York.» sagte Lieutenant Dale B., Chef der Mordkommission von Minneapolis, gegenüber der *Star Tribune*.

«Und wenn er dort Freunde hat, hat er sie wahrscheinlich auch in Philadelphia.»

In San Diego wurde am Mittwoch Andrew Cunanans Appartement von der Polizei durchsucht, das Ergebnis aber nicht mitgeteilt. Am Donnerstag wurde bekanntgegeben, die Beamten der Mordkommission würden «einen zweiten Blick auf einen ungelösten Mordfall werfen, der sich vor einigen Jahren in San Diego ereignet hat. Möglicherweise hatte Andrew Cunanan irgend etwas damit zu tun.»

Es wurden keine Einzelheiten über den ungelösten Mordfall weitergegeben.

Unterdessen fahnden die Behörden in Philadelphia nach dem 1994er Lexus Lee M.s.

Jay A., Betreiber des Nachtklubs «Numbers» in Hillcrest, San Diego, sagte gegenüber *Associated Press*, Andrew Cunanan habe behauptet, seine Familie besitze eine Kette von Parkhäusern und lebe auf einer Farm bei Santa Fe.

«Er erweckte stets den Eindruck, als habe er viel Geld», sagte Jay A. am Donnerstag. «Aber er sagte nie, woher er es hatte. Er gab einem das Gefühl, man sollte besser nicht danach fragen. Also taten wir es nicht.»

Jay A. zufolge war Andrew Cunanan oft unterwegs, «mal für einige Wochen in San Francisco, mal in Paris, mal in New York ...»

Cunanan schenkte Jay A. zu dessen 27. Geburtstag zwölf Flaschen teuren Whiskeys, im Jahr darauf eine Kamera.

«Man kann nicht gerade sagen, daß er einer von der schüchternen Sorte war», sagte Friseur David D. «Er tanzte viel. Er tanzte ohne Hemd, wenn's drauf ankam. Sie kennen solche Typen. Er war ein typischer Party Boy.»

– Die reden über ihn, als wär' er tot.

– Sie folgen ihrem Instinkt. Cunanan ist draußen. Wie gesagt: Es gibt keinen Weg zurück. Es ist nur noch eine Frage der Zeit, glaub mir.

– Sie nennen ihn einen Serienkiller. Aber er ist kein Serienkiller.

– Drei Leute sind keine Serie?

– Nein, denn sie haben keine Gemeinsamkeiten. Echte Serienkiller töten eine bestimmte Sorte von Opfern, also zum Beispiel «blonde Prostituierte um die Dreißig» – und davon dann eine ganze Reihe. Außerdem morden sie meistens nur in einer bestimmten Gegend und nach einem bestimmten Muster. Davon kann hier nicht die Rede sein. Der Erste wurde erschlagen, der Zweite erschossen, der Dritte zu Tode gefoltert. Der erste Mord war in Minneapolis, der zweite in Rush Lake, der dritte in Chicago.

– Aber alle drei waren sie ehemalige Liebhaber Cunanans, die sich von ihm abgewendet und die ihm bis dahin einen luxuriösen Lebenswandel ermöglicht hatten …

– Falsch, das ist nichts weiter als eine Unterstellung. Nur von David M. wissen wir sicher, daß er mit Andrew Cunanan liiert war und die Beziehung beendet hat. Von Jeffrey T. vermuten wir es, haben aber keine Beweise. Lee M. hingegen war weder schwul noch mit Cunanan bekannt. Vielleicht wollte der einfach nur seinen Wagen und sein Geld.

– Dann hätte er ihn nicht gefoltert.

–Auch wieder wahr. Trotzdem: Serienkiller paßt nicht, denn jeder könnte der Nächste sein.

–Auch eine Frau zum Beispiel?

–Nein, wahrscheinlich nicht. Aber jeder Mann.

–Aha. Interessant ist in diesem Zusammenhang übrigens, wie dämlich sich die Polizei anstellt. Sie machen einen Riesenwirbel um diese Funksignale aus Lee M.s Wagen, sind aber nicht imstande, ihnen zu folgen. Sie reden Unsinn wie: «Cunanan hat Freunde in jeder Stadt der Vereinigten Staaten.» Damit soll gesagt sein, er wird von anderen gedeckt, er kämpft nicht allein, er findet überall Unterschlupf.

–Das alte Vietcong-Trauma ...

–Ja, so könnte man's nennen.

10. Mai. Ein drittes gestohlenes Auto, ein vierter Mord.

Die Behörden verstärken ihre Suche nach einem Mann, der verdächtigt wird, drei Morde im Mittleren Westen begangen zu haben. Möglicherweise zählt nun auch ein Friedhofswärter aus New Jersey zu seinen Opfern.

Die Ermittler teilten mit, sie hätten keine verläßlichen Spuren von Andrew Cunanan.

–Das wissen wir ja nun.

–Solange man keine neuen Nachrichten hat, muß man eben die alten wiederholen.

Es wird vermutet, daß er in dem roten Pick-up des Friedhofswärters unterwegs ist.

–Ah, und in welchem Bundesstaat?

«Er kann überall sein», sagte Sheila H., eine FBI-Sprecherin zu Reportern. «Wir versuchen, Spuren zu finden.»

–Das ist ziemlich wenig, aber wenigstens ehrlich.

Die Behörden nehmen an, daß Andrew Cunanan, der wegen des Mordes in Rush Lake bereits offiziell unter Anklage steht, bewaffnet und gefährlich ist.

–Na, *die* Annahme ist sicher nicht zu unvorsichtig!

«Er weiß, daß wir hinter ihm her sind», sagte Sheila H. «Nach den Gesetzen der Logik müßte er verzweifelt sein.»

–Nach den Gesetzen der Logik müßte er sich über das FBI kaputtlachen! Vier Morde, dem FBI fehlt jede Spur, und er soll verzweifelt sein?

William R.s Leiche wurde am Freitag abend im Büro von Finn's Point National Cemetery entdeckt. William R., 45 Jahre alt und aus Bridgeton stammend, wurde durch einen Kopfschuß tödlich verletzt. Die Polizei vermutet, daß er am Nachmittag ermordet wurde.

William R.s Frau hatte die Beamten verständigt, nachdem ihr Mann nicht nach Pennsville, dem gemeinsamen Wohnort, nach Hause gekommen war. William R.s roter 1995 Chevrolet Pick-up war nicht mehr aufzufinden.

Nach einem Bericht von *Associated Press* liegt Finn's Point National Cemetery neben dem Fort Mott State Park in einer einsamen Gegend am Fluß Delaware. Die Behörden wiesen darauf hin, daß mehrere wichtige Autobahnen an Pennsville vorbeiführen, insbesondere die Interstate 295.

–Siehst du? Das ist wieder so eine Pseudoinformation, die nur den Zweck hat, Zusammenhänge, die nicht da sind, zu suggerieren. Gerade hat uns Sheila H. noch erklärt, Andrew Cunanan könne «überall» sein, jetzt plötzlich soll die Interstate 295 wichtig sein.

–Was du immer hineinliest. Über die Interstate 295 kann er überall hingelangt sein. Etwas anderes hat niemand behauptet.

–Zwischen den Zeilen schon.

–Zwischen den Zeilen ist einfach nur weißes Papier. Das ist es, was du nicht kapieren willst.

Sheila H. sagte, es seien eine Reihe von wertvollen Hinweisen eingegangen und FBI-Agenten aus dem ganzen Land seien mit deren Auswertung beschäftigt.

William R.s Tod wurde mit Andrew Cunanan in Verbindung gebracht, nachdem ein 1994er Lexus in der Nähe des Friedhofs gefunden wurde. Der Wagen gehörte dem ebenfalls ermordeten Chicagoer Millionär Lee M.

John H. von der Staatspolizei New Jersey sagte: «Der siebenundzwanzigjährige Andrew Cunanan aus San Diego ist, soweit bekannt, der letzte Fahrer dieses Fahrzeugs gewesen.»

Die Polizei in Chicago gab bisher keine Stellungnahme zu einer möglichen Verbindung von Andrew Cunanan mit der Ermordung Lee M.s ab, aber die Behörden in San Francisco und Minnesota bestätigten den Verdacht.

Die zuständigen Ermittler hatten Lee M.s Mörder in der Gegend um Philadelphia vermutet, nachdem sie von dort Funksignale vom Autotelefon des Lexus empfingen.

Lee M.s grausig mißhandelter Leichnam wurde am 4. Mai in der Garage seines Hauses in einer der vornehmsten Gegenden Chicagos gefunden. Er war in Packpapier und Klebeband eingewickelt.

Gegenüber von Lee M.s Haus stand der Jeep von David M., dem ermordeten Architekten aus Minneapolis, der nach Mitteilungen der Polizei ein früherer Liebhaber Andrew Cunanans war.

Cunanan steht unter Anklage, letztes Wochenende David M. ermordet zu haben, außerdem wird er im Zusammenhang mit Jeffrey T.s Tod gesucht. Jeffrey T. war 28 und wurde am 29. April in David M.s Appartement erschlagen aufgefunden. Während seiner Zeit bei der Navy war er in San Diego stationiert.

– Ein schwuler Architekt, ein ebensolcher Angestellter, ein heterosexueller Immobilien-Tycoon und ein ebensolcher Friedhofswärter. Deinen Serienkiller kannst du vergessen.

– O.K., nenne es einen Amoklauf auf Raten.

– Nein, er wird schon ein Motiv haben. Jeder Mörder hat eines, es muß ihm noch nicht einmal bewußt sein – aber haben tut jeder eines.

– Mir würde fürs erste schon eine halbwegs nachvollziehbare Erklärung für den Mord an William R. genügen.

– Wie wär's damit: Andrew Cunanan, unterwegs in Lee M.s Lexus, verfolgt im Autoradio die Nachrichten und hört am Freitag, daß die Polizei die Funksignale des Autotelefons empfangen hat. Er gerät in helle Aufregung. An jeder Autobahnauffahrt rechnet er mit seiner Verhaftung. Er muß so schnell wie möglich sein Fahrzeug wechseln. Alle Welt weiß, er ist in einem grünen Lexus unterwegs, sogar die Autonummer ist bekannt. Und sie wissen, daß er sich in der Gegend um Philadelphia befindet. Was also tun? Er fährt herunter von der Interstate 295 und den Delaware Fluß entlang.

Er hat schon einmal in einer einsamen Umgebung am Wasser gemordet, in Rush Lake, wir erinnern uns. Er beschließt, sich an einem ähnlichen Ort ein neues Fahrzeug zu besorgen. Er trifft auf den Friedhofswärter, unterhält sich mit ihm, merkt, daß er ohne Gewalt nicht an dessen Autoschlüssel rankommt, denkt daran, daß er bereits wegen zweier Morde gesucht wird – und begeht einen dritten. Keine Zeugen, keine Beweise, denkt er. Und er hat ein neues Fluchtauto.

–Schön ausgedacht, aber doch schrecklich blöd.

–He, halt dich mal zurück!

–Na ja, was ist das für ein neues Fluchtauto? Eines, das nach ein paar Stunden das ganze Land kennt und sucht, so wie zuvor den Lexus. Er hat einen vierten Mord begangen, nur um ein paar Stunden zu gewinnen? Unmöglich.

–Glaub mir, jemand in seiner Situation würde einen Mord für noch viel weniger begehen.

–Woher willst du das wissen?

–Was spielt es in seiner Lage für eine Rolle, ob er zwei, drei oder vier Menschen umbringt. Obwohl er total ausgeflippt ist, hat dieser Typ nicht verlernt zu denken. Er ist für immer draußen. Er hat nur noch eine Möglichkeit weiterzuleben: Er muß sein Spiel weiterspielen.

–Was redest du da. Was für ein Spiel?

–Ja, sein Spiel. Es ist sein Spiel geworden, zu töten. Ursprünglich mag ihn etwas anderes getrieben haben, aber jetzt gibt es nur noch das Töten für ihn. Wenn er nicht mehr will, sollte er sich vernünftigerweise gleich eine Kugel durch den Kopf jagen. Solange er aber will, spielt es keine Rolle, ob er für einen Lexus und 2000 Dollar tötet oder für einen Chevy Pick-up.

– Mag sein. Vielleicht hat er Lee M. gefoltert, weil er hören wollte, wie er mehr bekommen kann als 2000 Dollar.

– Jedenfalls hat er William R. nur wegen des Wagens umgebracht, da bin ich sicher.

– Gibt es eigentlich eine weitere Verbindung zwischen Cunanan und dem Mord an William R., außer den grünen Lexus Lee M.s?

– Genügt dir das nicht?

– Eigentlich nicht.

– OK, Details werden folgen, verlaß dich drauf.

Der Mann, der auf einer mörderischen Reise durch das gesamte Land unterwegs ist, ist angeblich ein Callboy. Das zumindest äußerte Andrew Cunanans Mutter in einem Interview mit der *Chicago Sun Times*.

In der Montagsausgabe des Blatts wird Mary Ann Cunanan mit den Worten zitiert: «Er ist so eine Art Nobel-Callboy für Homosexuelle.»

Andrew Cunanan wird wegen vier Morden im Mittleren Westen und in New Jersey gesucht.

Den ermittelnden Behörden zufolge war er mit dem Sohn eines seiner Opfer, dem Chicagoer Immobilien-Magnaten Lee M., befreundet.

Sie ließen des weiteren verlauten, er sei in der Schwulenszene San Diegos als «Party Boy» bekannt gewesen.

Andrew Cunanan wird landesweit gesucht.

–Sehr ergiebig, wirklich.

–Immerhin, der Sohn Lee M.s kommt in Betracht als weiteres Mosaiksteinchen in deiner Serienkiller-Theorie.

–Weil er möglicherweise auch schwul ist und weil damit ein ähnliches Motiv denkbar wäre wie bei den ersten zwei Morden?

–Exakt.

–Und William R. wäre dann gewissermaßen einfach die Ausnahme von der Regel?

–Da sollte dir doch noch was Besseres einfallen.

–Wir werden sehen.

Der des vierfachen Mordes verdächtigte Andrew Cunanan, der landesweit gesucht wird, hat wahrscheinlich nichts mit dem Mordfall in San Diego zu tun, in dem die Polizei die Ermittlungen erneut aufgenommen hatte.

Entsprechenden Berichten zufolge ergaben die Untersuchungen keinen Hinweis auf eine Verbindung Andrew Cunanans zu der ungeklärten Mordtat.

Lieutenant Jim C. von der Mordkommission San Diego sagte, «ein anonymer Anrufer hat behauptet,

Andrew Cunanan habe den betreffenden Mord zu verantworten. Die Sache ist offen, aber wir haben keine Informationen, die Cunanan in diesem Fall als Verdächtigen in Frage kommen lassen.»

Einige Tage zuvor hatte bereits ein anderer anonymer Anrufer erklärt, Cunanan habe 1995, ebenfalls in San Diego, den Mord an dem 72jährigen Lincoln A. begangen. Der Hinweis war, wie sich bald herausstellte, eindeutig falsch.

Lieutenant Jim C. sagte: «Während der Ermittlungen im Fall Lincoln A. tauchte Andrew Cunanans Name niemals auf. Die Akten sind mittlerweile geschlossen, und ein Verdächtiger sitzt im Gefängnis.»

Andrew Cunanan, 27, aus San Diego steht in Minnesota unter Mordanklage und ist Hauptverdächtiger in drei weiteren Mordfällen. Nach Angaben der Polizei ist er nicht vorbestraft.

Cunanan verließ San Diego am 25. April. Am 7. Mai wurde er in Minnesota des Mordes an seinem früheren Liebhaber, dem 33jährigen Architekten David M. aus Minneapolis, angeklagt.

David M.s Leiche wurde am 3. Mai in einem aufgelassenen Bauernhaus gefunden, vier Tage nachdem man die Leiche des 28jährigen Jeffrey T. in David M.s Appartement in Minneapolis entdeckt hatte.

Die Polizei glaubt, daß David M. getötet wurde, weil er Zeuge des Mordes an Jeffrey T. war. Allerdings sei das Motiv für diesen ersten Mord nicht bekannt.

Cunanan wird des weiteren der Morde an Lee M. aus Chicago, Illinois, und an William R. aus Pennsville, New Jersey, verdächtigt.

– Das wissen wir ja nun.

– Wie gesagt: Solange wir keine neuen Nachrichten haben, wiederholen wir die alten. Und: Es sind einige interessante Details dazugekommen.

– Als da wären?

– David M. wurde in einem aufgelassenen Bauernhaus gefunden.

– Aha, du meinst, das macht die Sache anschaulicher.

– Nicht nur das. Erinnere dich an die brillante Anklageschrift aus Minnesota. Stand da etwas von einem Bauernhaus drin?

– Da stand etwas von einer Wiese drin. David M. wurde auf einer Wiese gefunden, hieß es.

– Genau. In aller Bestimmtheit hieß es das. Und was lernen wir daraus? Dieser Anklageschrift kann man noch nicht einmal in den nebensächlichsten Nebensächlichkeiten trauen – warum also sollten wir es in der Hauptsache – dem Mordvorwurf – tun?

– Und wie sieht es deiner Meinung nach mit der Aussage von Cunanans Mutter aus? Auch gelogen?

– Nein, nicht gelogen, aber möglicherweise auch nicht die Wahrheit. Wer weiß, wann sie ihren Sohn zum letzten Mal gesehen hat. Und selbst wenn sie noch in Kontakt mit ihm gestanden hätte – glaubst du, er hat irgendwann zu ihr gesagt: «Übrigens, Mom, ich bin ein Callboy für reiche alte Schwule, nimm's nicht so tragisch.» Nein, sie reimt sich das zusammen, aus dem – vermutlich – wenigen, was sie von ihrem Sohn weiß.

– Kann sein. Ist ja auch völlig egal, was seine Mutter über ihn denkt.

– Daß aber selbst sie – in anderen Worten – sagt, er sei ein verkommenes Subjekt, ist doch eine Meldung wert, denn wenn eine Mutter das von ihrem Sohn sagt, dann muß es ja stimmen.

– Sicher, daß seine Mutter so etwas von sich gibt, klingt wie eine erste stichhaltige Interpretation des Monsters. Es legt sein krankes Wesen in einem Satz offen. Ein Mann, der sich an andere Männer verkauft, kommt irgendwann auf die Idee, sie umzubringen. Das liegt nicht so besonders weit auseinander, das fängt an, die Sache plausibel zu machen, und wenn es seine Mutter sagt – muß es stimmen.

– In Interviews reden gerade Leute, die es nicht gewöhnt sind, oft Dinge, die sie niemals sagen wollten. Vielleicht hat seine Mutter das gar nicht sagen wollen.

– Sie hat es aber gesagt. Und sie hat bestimmt Geld dafür bekommen.

– Vielleicht hat ihr ein pfiffiger Kollege den Satz in den Mund gelegt. «Könnte man sagen, Ihr Sohn ist so eine Art Nobel-Callboy für Homosexuelle?» «Ja, nein, ich weiß nicht, wer weiß, kann schon sein, vermutlich haben Sie recht.» «Danke, Ma'am, danke.»

– Die Leute *wollen* Andrew Cunanan als kranken Psychopathen, um erklären zu können, was er tut. *Und* sie wollen hören, daß er schon immer ein kranker Psychopath *war*. Und in ihrer Mehrzahl halten die Leute einen schwulen Callboy für einen kranken Psychopathen.

– «Die Leute». Du kannst mich zu diesen Leuten zählen, hähä.

– Kein Problem. «Die Leute», das bist du, das sind die Leser. Nicht nur die Idioten übrigens. Jeder hat gern seine Ruhe vor einem irren Killer. Und die bekommt er nur, wenn er möglichst schnell erklärt bekommt, was da los ist.

– Mag schon sein. Zweifel stören da eher ...

12. Mai. Der Mann aus San Diego, der im Zusammenhang mit vier Morden im Mittleren Westen und in New Jersey gesucht wird, war einem Bericht der *Star Tribune* zufolge eng mit dem Sohn eines seiner Opfer befreundet.

Der landesweit gesuchte Andrew Cunanan war ein Freund des angehenden Schauspielers Duke M., Sohn des Immobilienzaren Lee M. aus Chicago. Lee M. wurde am 04. Mai in der Garage seines Hauses ermordet aufgefunden.

«Cunanan sprach die ganze Zeit über ihn. Sie verbrachten viel Zeit miteinander», sagte nach Angaben des Blatts Bruce K., Inhaber eines Buchladens für Homosexuelle in San Diego.

Am Sonntag abend äußerte Bruce K. jedoch gegenüber Reportern, er sei mit dieser Aussage von der *Star Tribune* falsch zitiert worden. Er habe lediglich wiedergegeben, was «auf der Straße» zu hören gewesen sei.

«Ein Reporter aus Minneapolis hatte mich gefragt, ob ich etwas über Beziehungen zwischen Cunanan und Lee M. oder dessen Familie wisse. Ich sagte ihnen, was ich gehört hatte, nämlich, daß er angeblich mit Duke M. befreundet gewesen sei oder zumindest, daß sie sich irgendwie kannten. Aber ich persönlich weiß nicht, ob das stimmt», sagte Bruce K.

«Ich habe mit diesem Fall nichts zu tun und will da nicht hineingezogen werden», sagte Bruce K., dessen Buchhandlung den Namen «Obelisk» trägt. Cunanan war ein gelegentlicher Kunde dort und, wie Bruce K. mitteilte, häufig in den Schwulenbars der Stadt anzutreffen.

Die Chefredakteurin der *Star Tribune*, Pam F., sagte, die Zeitung würde an ihrer ursprünglichen Berichterstattung festhalten, werde Bruce K.s Dementi aber abdrucken.

«Ich bin davon überzeugt, daß unser Reporter Mr. Bruce K. exakt zitiert hat», sagte Pam F. «Morgen werden wir schreiben, was Bruce K. heute gesagt hat.»

Duke M. lebt in Los Angeles. Er spielt eine kleine Nebenrolle in dem Film «Air Force One» mit Harrison Ford, der im Herbst in die Kinos kommen soll.

Ein Sprecher der Familie Lee M.s sagte, es bestehen keinerlei Beziehungen zwischen Duke M. und Andrew Cunanan.

Cunanan, 27, ist wegen des Mordes an dem 33jährigen Architekten David M. aus Minneapolis angeklagt, dessen Leiche am 3. Mai an einem See in Minnesota gefunden wurde. Er wird weiter gesucht wegen des Mordes an Jeffrey T., einem 28jährigen Manager aus Bloomington bei Minneapolis, der am 29. April erschlagen in David M.s Appartement aufgefunden wurde.

Cunanan wird auch mit dem Mord an Lee M. in Verbindung gebracht, weil der rote Cherokee Jeep, den er zuvor gestohlen hatte, am Tatort gefunden wurde.

Am Freitag tauchte Lee M.s 1994er Lexus auf dem Parkplatz eines Militärfriedhofs in New Jersey wieder auf. Dort fand man auch die Leiche des Friedhofswärters William R., 45.

Bruce K., der Inhaber des «Obelisk» in San Diego, sagte, er hoffe immer noch, daß Cunanan nicht für diese Morde verantwortlich sei.

«Wenn er Jeff das wirklich angetan hat, dann ist er zu allem fähig», sagte er. «Mein Bild von ihm ist offenbar völlig falsch gewesen. Ich weiß nicht, wer er ist.»

–Dafür, daß «Mr. Bruce K.» mit dem Fall nichts zu tun haben will und angeblich nichts zu tun hat, legt er sich aber ganz schön ins Zeug …

–Er ist ein großer Schwätzer, soviel steht fest.

–«Obelisk» als Name für einen Schwulenbuchladen, ist ja ziemlich zum Kaputtlachen.

–Na komm, wir wollen mal nicht gemein sein. Er hat lediglich versucht, seinen Teil zur Aufklärung der Sache beizutragen, indem er der Star Tribune ein Interview gegeben hat. Und die haben ihn falsch zitiert.

–Weil er Mist geredet hat. Wenn er clever gewesen wäre, hätte ihm klar sein müssen, daß ein Reporter losgeht wie die Feuerwehr, wenn er hört, daß der Sohn eines hochnoblen Immobilienfürsten möglicherweise mit dessen schwulem Mörder bekannt war.

–Stimmt, da steckt ein unheimlich großes Schmierigkeitspotential drin, das kann man ja nicht einfach sausen lassen.

–Ja, wenn der Alte schon nicht selbst schwul – ist gleich: pervers – war, dann war es wenigstens sein Sohn. Dafür spricht schon dessen wenig erfolgreiche – ist gleich: unseriöse – Schauspielerei. Welcher Journalist könnte unverrichteter Dinge an *so* einer Schlammkuhle vorbeilaufen?

–Da schließt sich doch ein weiteres Mal die Frage an: Wer ist eigentlich dieser Andrew Cunanan?

–Wieso?

–Nun, kennen wir erst den Täter, wissen wir auch,

warum er sich gerade diese Opfer herausgesucht hat und nicht irgendwelche anderen ...

Andrew Cunanans Vater, ein Börsenmakler, ließ seine Familie vor acht Jahren mittellos im Stich und floh auf die Philippinen, weil Anklage wegen Betrugs gegen ihn erhoben worden war. Sein Sohn hingegen führte bis zuletzt ein Leben in Saus und Braus, das ihm wohlhabende ältere Männer ermöglichten.

Heute wird Andrew Cunanan landesweit wegen der Morde an zwei Männern aus Minneapolis, an dem 72jährigen Chicagoer Immobilien-Mogul Lee M. und an einem Sicherheitsbeamten gesucht.

– He, Moment mal, «im Stich», «Saus und Braus», «wohlhabende ältere Männer», «Immobilien-Mogul», «Sicherheitsbeamter» – das ist doch alles kompletter Schwachsinn!

– Ach was, das ist ein *Hintergrundbericht*!

Andrew Cunanan war das jüngste von vier Kindern. Als sein Vater, Modesto Cunanan, die Familie auf der Flucht vor den Behörden sitzenließ, war Andrew Cunanan gerade 19 und hatte soeben seinen Abschluß an einer exklusiven Privatschule hinter sich gebracht.

– La Jolla?

– La Jolla.

– Wußtest du, daß die exklusiv ist?

– Nein, aber jetzt weiß ich's. Du solltest mehr Hintergrundberichte lesen.

«Modesto wurde von der Polizei gesucht, deshalb haute er ab», sagte Andrew Cunanans Mutter Mary Ann Cunanan in einem Interview. Sie lebt in Eureka, Illinois.

Modesto Cunanan diente von 1953 bis 1972 in der Navy und arbeitete hinterher als Börsenmakler, wobei er Berichten zufolge 106 000 Dollar unterschlug.

Er verkaufte Häuser in Rancho Bernardo, Kalifornien, und in Bonita, Kalifornien, die er zuvor erworben hatte. Vom Erlös hinterließ er seiner Familie ganze 8000 Dollar, den Löwenanteil aber nahm er, zusammen mit dem unterschlagenen Geld, mit auf seine Flucht.

Es ist unklar, ob die Behörden versuchten, Modesto Cunanan ausfindig zu machen und unter Anklage zu stellen. Gerichtsakten geben jedoch Auskunft darüber, daß Andrew Cunanan seinem Vater im November 1988 auf die Philippinen folgte, um bei ihm zu leben. Allerdings kehrte er nur einen Monat später in die Vereinigten Staaten zurück, da er bei seinem Vater «verheerende Bedingungen» vorgefunden habe. Modesto Cunanan wurde letztmals 1991 auf den Philippinen gesehen, der letzte, der von ihm einen Brief bekam, war Andrew Cunanan, und zwar im Juni 1994.

Mary Ann Cunanan lebt von 200 Dollar im Monat, die sie als Babysitterin verdient. Sie glaubt, daß ihr Ex-Mann – die Scheidung ist seit Jahren rechtskräftig – wieder in den Vereinigten Staaten lebt.

«Wahrscheinlich unter falschem Namen, in Los Angeles oder in San Diego», sagt sie.

Freunde und Bekannte Andrew Cunanans behaupten, er habe seit seiner Rückkehr von den Philippinen als Callboy für reiche, ältere Männer gelebt. Die Partys für seine Freunde habe er mit den Kreditkarten und Geldgeschenken seiner wohlhabenden Gönner finanziert.

Wie Andrew Cunanan sich selbst darstellte, hing immer davon ab, mit wem er gerade zusammen war, und er spielte viele Rollen: den Müßiggänger, der eine beträchtliche Erbschaft im Hintergrund hat, den erfolgreichen Unternehmer, den angehenden Schauspieler, den rebellischen Tunichtgut oder den gut beleumundeten Vertreter eines Geschäftsmanns, der einem internationalen *social club* vorsteht…

Einer der Männer, mit denen Andrew Cunanan regelmäßig gesehen wurde, war Lincoln A. Lincoln A. war ein bekannter Innenarchitekt, der am 18. Mai 1995 in San Diego erschlagen wurde. Ein Herumtreiber, den Lincoln A. angeblich bei sich aufgenommen hatte, bekannte sich zu der Tat und wurde verurteilt.

Die San Diegoer Polizei untersuchte den Fall anläßlich der mutmaßlichen Verbrechen Andrew Cunanans neu, kam aber zu dem Ergebnis, daß er damit nichts zu tun habe.

Noch bevor Lincoln A. starb, kaufte Norman B. – ebenfalls um die 60 – dessen Haus in La Jolla. Norman B. ist seit über zehn Jahren Mitglied bei «Gamma Mu», einem privaten internationalen *social club* mit 650 Mitgliedern, wohlhabende Männer in der Mehrzahl. Der Gründer und Geschäftsführer von Gamma Mu, Cliff P., sagte am Freitag, einige der prominentesten Angehörigen des Clubs seien Homosexuelle. Der Hauptsitz von Gamma Mu befindet sich in Fort Lauderdale, Florida. Die Vereinigung unterstützt viele wohltätige Initiativen, insbesondere die National Aids Foundation, sowie Einrichtungen, die Aids-Forschung betreiben.

Andrew Cunanan trat gelegentlich als Vertreter von Norman B. auf, war selbst aber kein Mitglied bei Gamma Mu.

«Er hatte einwandfreie Manieren und war immer korrekt gekleidet», sagte Cliff P. über Cunanan. «Er war ein echter Gentleman.»

Diese Beschreibung steht in merkwürdigem Kontrast zu jenen anderen, die ihn als rüpelhaften Angeber und als *party animal* darstellen.

Noch Ende des vergangenen Jahres lebte Cunanan mit Norman B. zusammen. Danach, so berichten Freunde, seien die beiden nicht mehr intim miteinander gewesen, aber immer noch befreundet. Sie glauben, daß Norman B. ihn nach wie vor finanziell unterstützte. Norman B.s Nachbarn gehen davon aus, daß sein Grundbesitz insgesamt weit über eine Million Dollar wert ist. Weiter sagen sie, er sei am Freitag für ein paar Tage verreist, vielleicht, so mutmaßen sie, nach New York. Um 6 Uhr morgens seien zwei ihnen unbekannte junge Männer aus seinem Haus gekommen und in einen Wagen gestiegen.

– Nachbarn sind einfach was Schönes.

– Stimmt. Wahrscheinlich haben sie jeden ihrer Sätze mit dem Wort «zufällig» begonnen. *Zufällig* habe ich gehört, daß sein Haus eine Million wert ist, *zufällig* habe ich ihn am Freitag, morgens um 6, aus dem Haus gehen sehen – dabei würde ein professioneller Schnüffler wahrscheinlich auch nicht mehr herauskriegen.

– Apropos Schnüffler: Die Chefredaktion fragt, wie weit wir mit unserer Arbeit sind.

– Hast du schon geantwortet?

– Ich habe gesagt, du seist noch auf der Suche nach Material.

– Intrigier hier bloß nicht rum!

– Nicht doch, ich habe gesagt, wir sind beide damit beschäftigt, das dauert seine Zeit!

– Hör mal: Das ist und bleibt unsere gemeinsame Geschichte. Ich bin hier nicht dein Rechercheur, sondern dein Coautor, kapiert?

– Das wird sich herausstellen. Ich habe den Auftrag gekriegt, die Story zu schreiben, und du sollst mir dabei helfen. In welcher Form, das müssen wir klären.

– Das werden wir, verlaß dich drauf.

Freunde Andrew Cunanans haben ausgesagt, der junge Mann, der zuletzt mit ihm in einem Appartmenthaus in einer weniger vornehmen Gegend San Diegos gewohnt habe, sei inzwischen ebenfalls verschwunden.

Cunanan wird wegen eines Mordes in New Jersey gesucht, er wird weiter verdächtigt, Lee M., den Immobilien-Zar aus Chicago, zu Tode gefoltert zu haben. Lee M. wurde am Sonntag ermordet in der Garage seines Hauses, das an der vornehmen Chicagoer «Gold Coast» liegt, gefunden. Cunanan wird außerdem der Morde an dem 33jährigen Architekten David M. sowie an dem 28jährigen Angestellten einer gas company, Jeffrey T., verdächtigt. Wegen der Ermordung David M.s wurde bereits Anklage gegen ihn erhoben.

– Es wundert mich, daß die Polizei Cunanans Täterschaft in dem Mordfall Lincoln A. so schnell definitiv ausgeschlossen hat. Ich sehe bei dieser Tat durchaus Parallelen zu den anderen Morden, die ihm vorgeworfen werden.

– Lincoln A. war alt und reich, wie Lee M., er war schwul und wurde erschlagen, wie Jeffrey T. Das reicht, um die Ermittlungen wiederaufzunehmen, was auch getan wurde, aber es reicht nicht, um irgend etwas zu beweisen. Außerdem gibt es einen rechtskräftig verurteilten Täter, der ein Geständnis abgelegt hat. Selbst wenn wir annehmen wollten, Cunanan wäre der wirkliche Mörder Lincoln A.s und der Geständige nur irgendein Spinner – niemand könnte Interesse daran haben, die wahre Lage der Dinge aufzudecken. Am wenigsten Polizei und Justiz: Man müßte zugeben, den Falschen gefangen und verurteilt zu haben und den Richtigen nicht fangen und verurteilen zu können, weil man nicht weiß, wo er steckt, und – im Fall Lincoln A. – keine ausreichenden Beweismittel gegen ihn vorliegen.

– O.K., und was sagt uns die Geschichte über Andrew Cunanans Vater?

– Der Apfel fällt nicht weit vom Stamm. Der Alte war schon ein Gernegroß, das erklärt, warum auch der Junge einer ist, der Alte war kriminell, kein Wunder also, daß es auch der Junge ist. Jedoch hat sich beim Alten nur angedeutet, was sich beim Jungen auf grausame Weise vollendet hat. Die Kriminalität des Vaters wird zum Indiz für die Täterschaft des Sohnes. Und auch als Familienoberhaupt hat der Vater versagt und so seinen Sohn zu einem Entwurzelten gemacht. Die Juristen sprechen in so einem Fall von einer «ungünstigen Sozialprognose».

– Wieso, was wird denn hier prognostiziert?

–Nichts, du hast recht. Eigentlich handelt es sich um eine ungünstige Sozialretrospektive.

–Eben. Alles – und noch das Harmloseste – wird jetzt auf die späteren Mordtaten Andrew Cunanans hin interpretiert. Jeden normalen jungen Bankangestellten zwischen zwanzig und dreißig wird man zum Beispiel einmal im Anzug anläßlich einer betrieblichen Feierlichkeit in gesitteter Weise auftreten sehen, ein andermal aber in – sagen wir – ausgelassener Stimmung lärmend mit einem Haufen Freunden in einer Bar antreffen. Das macht aus ihm weder einen Verwandlungskünstler noch einen mehrfachen Mörder. Umgekehrt aber macht es den mutmaßlichen mehrfachen Mörder Andrew Cunanan zum gefährlichen Chamäleon, wenn er einmal als *Gentleman*, dann wieder als *party animal* beschrieben wird. Und es würde sich gar nichts ändern, wenn er zum Beispiel *nicht* als Chamäleon beschrieben würde, sondern etwa als jemand, der *immer* als *Gentleman* aufgetreten sei. Dann würde man eben schreiben, aus dem tadellosen Zeitgenossen sei plötzlich das *killer animal* ausgebrochen. Jedes beliebige Detail, das jetzt aus seinem Leben berichtet wird, gibt Anlaß auszurufen: «Ah, sieh an, so früh hat sich hier schon alles spätere angedeutet!»

–Welche Details für aussagekräftig gehalten werden und welche nicht, läßt mehr Rückschlüsse auf die Phantasien der Schreiber zu als auf diejenigen Andrew Cunanans, willst du damit sagen?

–Genau das will ich damit sagen. Wir erleben hier

nicht, wie Cunanans Charakter nach und nach entdeckt wird, sondern wie er nach und nach konstruiert wird. Es ist eine Kollaboration, eine kollektive Dichtung, die schließlich ein Bild hervorbringt, dessen Bezug zur Wirklichkeit völlig ungeklärt ist, während es vorgibt, die Wirklichkeit zu sein.

– Es stellt eine eigene Wirklichkeit dar, die in unerfindlichem Zusammenhang mit der wirklichen Wirklichkeit steht, die niemand kennt – nicht einmal Andrew Cunanan selbst.

– So ist es weder für uns noch für die Polizei ein Widerspruch, wenn wir gleichzeitig behaupten: «Wir wissen alles über ihn» und: «Es fehlt uns jede Spur von ihm»?

– Richtig, denn diese beiden Sätze beziehen sich auf unterschiedliche Ebenen der Realität. Unser Bild von Andrew Cunanan wird immer komplexer, wir können täglich daran arbeiten, es unablässig verfeinern. Wir müssen dazu nicht wissen, wo er sich *in personam* aufhält. Wir müssen ihn nicht einmal suchen, da wir ja dabei sind, ihn zu erfinden.

– So gesehen ist diese Geschichte wie jede Geschichte, die Schlagzeilen macht.

– O.K. Sprechen wir aber jetzt über Cunanans Flucht: Wo ist er?

– Er könnte überall sein. Solange wir ihn nicht haben, können wir nur wiederholen, was wir wissen oder zu wissen vermeinen. Die Aufzählung der vier Morde, die Beschreibung ihrer Umstände und ihrer Opfer, bleibt unser Mantra, das wir ein ums andere Mal hersagen, bis wir ihn gefangen haben und buchstäblich festnageln können auf eine Antwort. Schließlich haben wir ein Recht, sein großes «Weil» zu hören, auf unser großes «Warum», wenngleich wir auch heute schon wissen, daß wir all seine Rechtfertigungen verwerfen werden.

12. Mai. Die Behörden wissen nicht, ob sich der des vierfachen Mordes verdächtigte Andrew Cunanan noch immer in New Jersey aufhält.

Der Polizeisprecher von New Jersey, Daniel C., sagt, Cunanan könne sich derzeit «überall» befinden.

«Überall», das könnte beispielsweise Atlantic City sein. Dort wurden in diesem Jahr bereits zwei Mörder auf ihrer Flucht aus anderen Bundesstaaten gefaßt. Die Betreiber der zwölf Casinos in Atlantic City wurden von der Staatspolizei aufgefordert, Ausschau nach Andrew Cunanan zu halten.

Die Polizei hält Andrew Cunanan für den Mörder William R.s, des Friedhofswärters von Finn's Point National Cemetery in Pennsville, New Jersey. Es wird vermutet, daß Cunanan in William R.s rotem Chevrolet Pick-up unterwegs ist.

Er steht außerdem im Verdacht, zwei Männer in Minnesota umgebracht zu haben sowie einen weiteren in Chicago, dessen 1994er Lexus in der Nähe des Friedhofs gefunden wurde.

–Wie ich sagte: Des Polizeisprechers behördliches Achselzucken ist immerhin einen Kurzbericht wert, der Gelegenheit bietet, das Mantra zu wiederholen.

–Nicht zum letzten Mal übrigens.

13. Mai. Wo ist Andrew Cunanan?

Diese Frage stellen sich Kriminalbeamte von Kalifornien über Minnesota bis nach New York.

Die landesweite Jagd auf den mutmaßlichen Serienkiller dauert an. Die Behörden sagen, er könne überall sein. Zwischenzeitlich hieß es, die New Yorker Bürger seien von der örtlichen Polizei aufgerufen worden, die Augen offenzuhalten, berichtet WDDO-Radio.

Cunanan ist angeklagt, einen Mord in Minnesota begangen zu haben, er soll darüber hinaus wegen Morden in Minneapolis, Chicago und New Jersey verhört werden.

–Ja doch!

–Gibt's denn wirklich überhaupt nichts Neues?

Das FBI veröffentlicht keine Einzelheiten über die Ermittlungen gegen Andrew Cunanan. Eine Sprecherin teilte *Associated Press* mit, daß man ihm keine Anhaltspunkte geben wolle, wo er derzeit gesucht werde.

– Na, da hast du doch was Neues! Das ist doch sehr interessant! Die Polizei tut so, als habe sie einen Informationsvorsprung, den sie nicht preisgeben will. Damit begründet sie ihre Nachrichtensperre. Natürlich ist es genau umgekehrt. Es gibt keine Informationen, also können auch keine weitergegeben werden. Dies aber einfach so der Presse mitzuteilen käme einer Bankrotterklärung gleich. Also wird geheimnistuerisch eine «Nachrichtensperre» über Nachrichten verhängt, die es gar nicht gibt.

– Das ist doch nichts Neues! *Hier* ist was Neues.

Radio WDDO berichtet unterdessen, daß das «New York City Gay and Lesbian Anti-Violence Project» eine Belohnung von 10 000 Dollar für die Ergreifung und Verhaftung von Cunanan ausgesetzt hat. Die Behörden nehmen an, er werde sein nächstes Opfer möglicherweise – wie bereits in zwei Fällen – in der Homosexuellenszene einer Großstadt suchen.

Die Bürger von Minnesota werden gebeten, sich mit sachdienlichen Hinweisen über den derzeitigen Aufenthalt Andrew Cunanans an das FBI-Büro in Minneapolis zu wenden. Die Telefonnummer lautet: (612) 376-3200.

– Siehst du, sie geben ihre Telefonnummer an die Presse, weil ihnen absolut nichts Besseres einfällt, als unter den Leuten herumzufragen, ob nicht vielleicht zufällig jemand Cunanan gesehen hat.

–Und man muß kein Hellseher sein, um zu erraten, was als nächstes passiert.

–Cunanan wird an jeder Straßenecke gesichtet werden, von Alaska bis Florida.

–Ihn gesehen zu haben wird eine Art Volkssport werden, so wie die Sichtung von fliegenden Untertassen.

–«Ich könnte schwören, daß er es war. Er sah genauso aus wie auf den Fotos.»

–Er *könnte* nicht nur «überall» sein, wie der FBI-Mann sagte – er *wird* durch diese Suchaktion überall sein.

–Der virtuelle, allgegenwärtige Andrew Cunanan ...

15. Mai. Ein Chicagoer Friseur aus der North Halsted Street ist sich sicher, Cunanan vor etlichen Monaten auf der Straße gesehen zu haben. Ein Kellner eines schicken Chicagoer Restaurants behauptet, Andrew Cunanan sei dort mehrmals Gast gewesen.

–Wer kann sich nach etlichen Monaten noch erinnern, irgendwen, den er gar nicht kennt, auf einer belebten Straße gesehen zu haben?

–Jeder, der es sich nur lange genug vornimmt und damit in die Zeitung kommen will.

–Es wird schick, Cunanan begegnet zu sein. Man kann das risikolos behaupten. Selbst wenn einem das Gegenteil bewiesen werden könnte, stünde man nicht als Lügner da. Man hätte sich eben getäuscht. Das wäre niemandem vorzuwerfen, angesichts Cunanans unheimlicher Fähigkeit, sein Aussehen zu verändern. Also kann man sich getrost seine fünfzehn Minuten Ruhm abholen und irgendeinem Redakteur erzählen: «Ich hab ihn gesehen!» – Eine Meldung – vielleicht sogar mit namentlicher Erwähnung – ist einem immerhin sicher.

Eine Reihe von Bewohnern der Chicagoer «Gold Coast» teilte der Polizei mit, Andrew Cunanan dort etwa zu der Zeit gesehen zu haben, als der Mord an dem Immobilien-Millionär Lee M. geschah.

Am Mittwoch tauchten im Verlauf der Suche nach Cunanan erste noch ungesicherte Hinweise auf, daß der Flüchtige vor dem Mord bereits mehrfach in Chicago gewesen sein könnte.

Auch in mehreren Staaten an der Ostküste soll er gesichtet worden sein. Ebensolche Meldungen liegen aus Florida und Texas vor. Nirgends jedoch fanden sich handfeste Beweise für seine Anwesenheit, und nie wurde der rote Pick-up erwähnt, in dem er vermutlich seit dem letzten Mord in New Jersey unterwegs ist.

Von Küste zu Küste verbreiten sich Gerüchte über Cunanans mutmaßliche Verbrechen, doch von ihm selbst fehlt jede verläßliche Spur. Während die Behörden überall im Land eine Unmenge von Tips und Hinweisen von Leuten erhalten, die ihn gesehen haben wollen, verstecken sich seine San Diegoer Freunde und fürchten seine Rückkehr.

Die veröffentlichten Fotos von Andrew Cunanan, die ihn in unterschiedlichsten Aufmachungen und Posen zeigen, tragen sicher dazu bei, daß immer neue Berichte über seinen angeblichen Verbleib eingehen. Es ist aber nicht zu leugnen, daß derzeit vollkommen unklar ist, wo er sich befindet.

Vor zwei Wochen begann er seine Flucht nach einem Mord in Minnesota, vor sechs Tagen war er in einem Lexus unterwegs, und zuletzt wurde ein Toter in New Jersey gefunden, dessen Mörder vermutlich Cunanan ist. Bis dahin konnte die Polizei ihn stets verfolgen.

– Hier wieder unser Mantra.

– Diesmal etwas kryptisch, weil unvollständig, dafür aber unverhohlen im Blues-Ton.

– Was soll denn das Gejammer. Sie hatten doch bisher auch nicht mehr als Leichen und Autos, die auf Cunanan als Mörder hinwiesen. Und jetzt gibt es wieder ein Auto, den roten Pick-up, den sie nur finden müssen. Sie haben ja sogar die Nummer.

– Allein, daß bisher niemand auch nur *behauptet* hat, den roten Pick-up gesehen zu haben, zeigt, was von den «wertvollen Hinweisen aus der Bevölkerung» zu halten ist.

– Es gibt nur eine wichtige Frage: Wo ist der rote Pick-up? Wer den findet, hat bald auch Andrew Cunanan.

Gegenwärtig sind die Ermittler damit beschäftigt, Fingerabdrücke, die sie an den verschiedenen Tatorten gesammelt haben, miteinander zu vergleichen, was sich wegen deren zum Teil sehr schlechten Qualität als schwierig erweist. Künftig werden die Beamten eine weitere schwierige Aufgabe zu lösen haben. Sie müssen herausfinden, welche Hinweise der Leute, die Andrew Cunanan gesehen haben wollen, ernst zu nehmen sind und welche nicht. Viele werden sich als falsch herausstellen. Es gilt, das stimmige Porträt eines Mannes zu zeichnen, der derzeit immer noch wie ein Phantom erscheint.

Die neuesten Berichte über angebliche Sichtungen Cunanans tauchten auf, als das FBI weitere Fotos von ihm veröffentlichte. Es besteht die Hoffnung, auf diesem Weg wertvolle Hinweise aus der Bevölkerung zu erhalten.

San Diegoer Freunde Cunanans teilten mit, er habe oft mit seinen Reisen nach London, Paris, Griechenland und Chicago geprahlt. Einem Freund zufolge, der ungenannt bleiben will, habe Cunanan behauptet, beträchtliche Zeit in Chicago zugebracht zu haben. Er habe dort in sehr guten Restaurants in River North und South Loop zu Abend gegessen, unter anderem auch in dem mittlerweile geschlossenen «Eccentric».

–Wie wunderbar sich doch alles fügt! Der gefährliche Exzentriker geht in ein Lokal, das praktischerweise gleich diesen Namen trägt und natürlich mittlerweile geschlossen hat. Nichts, was sich auf so ungesunde Art vom Guten, Normalen entfernt, kann lange währen, geschweige denn glücklich enden!

– Eben.

«Ich habe wirklich ein gutes Gesichtergedächtnis», sagt ein Kellner eines anderen Lokals in South Loop. «Ich habe diesen Mann gesehen. Und zwar mehr als einmal.»

Unterdessen teilte Matt R. von der Chicagoer Polizei mit, es lägen einige Berichte von Leuten vor, die Andrew Cunanan etwa zur Zeit des Mordes an Lee M. in Chicago gesehen haben wollen.

«Unsere Ermittler haben einige Zeugen ausfindig gemacht», sagte Matt R. «Und wenn ich Zeugen sage, meine ich Leute, die zum Zeitpunkt der Ermordung Lee M.s wirklich in der Nähe des Tatorts waren.»

Diverse Zeugenaussagen bestätigen außerdem, daß Cunanan mehrfach in den Monaten vor Lee M.s Tod in der North Halsted Street gesehen wurde. Dort befindet sich das Zentrum der Chicagoer Schwulenszene.

«Ich bin mir sicher, daß ich ihn gesehen habe», sagte Elizabeth W., die Miteigentümerin des Lokals «Cocktail» in der North Halsted Street, als sie Fotos von Cunanan betrachtete. «Er sieht so aus wie viele Leute, die hier verkehren.» Elizabeth W.s

Lokal existiert seit dreizehn Monaten, aber sie kann sich nicht erinnern, wann sie ihn gesehen haben will.

–Mit Zeugenaussagen von *der* Sorte kann das FBI ganze Aktenschränke füllen, ohne ihm auch nur einen Schritt näher zu kommen.

–Daß Cunanan ihrer Meinung nach aussieht wie die meisten anderen in North Halsted Street, macht ihre Aussage ja auch nicht unbedingt glaubwürdiger.

Auch Shawn R., ein Friseur im Salon «Progressions», meint, Cunanan gesehen zu haben.

«Das Gesicht kam mir sofort bekannt vor», sagte er. Er bezog sich dabei auf das erste Foto von Andrew Cunanan, das veröffentlicht und in den Medien verbreitet wurde. Es handelt sich um eine etwas verzerrte Aufnahme, auf der er kräftiger aussieht als auf den später bekanntgewordenen Fotos. Diese zweite Fotoserie, so Shawn R., habe jedoch seinen Eindruck nur verstärkt. Als er sie gesehen habe, habe er gedacht: «O mein Gott! Den kenne ich tatsächlich!»

–Ja meine Güte, und wenn schon! Es hat nie jemand behauptet, daß Cunanan vor dem Mord an Lee M. nicht schon mal in Chicago beim Friseur gewesen ist.

–Es hat auch nie jemand behauptet, daß er unsichtbar ist.

-Und es ist nichts dabei, die North Halsted Street rauf und runter zu gehen.

– Um dort im «Cocktail» einen Cocktail zu trinken.

– Oder sich von Shaun R. im «Progressions» einen Haarschnitt verpassen zu lassen.

– Und sich dabei dessen dummes Friseurgeschwätz anzuhören.

– Möglicherweise über Themen wie Wiedergeburt, außerirdisches Leben, Telepathie...

– Und Serienkiller.

– Und wenn alles, was er hier behauptet, die Wahrheit wäre? Wem wäre damit geholfen?

– Nun, zumindest wäre dann bewiesen, daß Cunanan tatsächlich existiert. Wenn wir schon sonst nichts in der Hand haben, müssen wir wenigstens versuchen, aus dem Phantom einen Menschen zu machen. Er *ist* derzeit unsichtbar. Also ist es beruhigend zu wissen, daß er einmal sichtbar war, sich wie du und ich unter den Leuten bewegt hat, sie berührt hat und so weiter ...

– Aha. Mittlerweile ist übrigens klar, wie das mit unserem Artikel läuft. Ich werde ihn schreiben, du hilfst mir dabei, und wir teilen uns das Honorar, unabhängig davon, ob du als Coautor erscheinst oder nicht.

– Ich bin sprachlos. Das hast du fein hingekriegt, denn du wirst natürlich dafür sorgen, daß ich nicht als Coautor erscheine.

– Entschuldige bitte, ich bin bekannt, die Leute lesen meine Sachen gerne, ich hätte allen Grund, auf einen Namenlosen als Coautor zu verzichten. Aber das will ich vielleicht gar nicht. Die Sache ist vollkommen offen, verstehst du?

–Vollkommen verstehe ich das, vollkommen.

Sandra J., eine Bedienung im «Monday's», einem Restaurant an der Ecke State und Division Street, ganz in der Nähe von Lee M.s Haus, ist sich nicht mehr so sicher, Andrew Cunanan begegnet zu sein, nachdem sie die neuen Fotos von ihm gesehen hat. Außerdem erinnert sie sich kaum an Einzelheiten seines angeblichen Besuchs in dem Lokal.

Lieutenant Jim C. von der San Diegoer Polizei teilte mit, daß viele Freunde Cunanans sich nunmehr verstecken und teilweise in gemeinsame Wohnungen zusammenziehen, um sich zu schützen. Einige von ihnen hätten sich sogar Wachhunde angeschafft. Sie alle fürchten, daß er nach San Diego zurückkehren könnte.

Ermittler haben sein Appartement ein zweites Mal durchsucht, diesmal auf Veranlassung der Chicagoer Polizei. Nach Lieutenant Jim C. sollten Fingerabdrücke Cunanans auf dessen persönlicher Habe sichergestellt werden.

In San Francisco hat die Polizei einen internen Fahndungsbericht herausgegeben. Darin heißt es, Cunanan sei möglicherweise unterwegs in diese Stadt.

Andrew Cunanan lebte etwa seit 1988 in San Diego. Freunden hatte er erzählt, er werde nach San Francisco umziehen, um näher bei seiner Tochter zu sein.

– *Was?* Das ist ja nun mal wirklich was Neues! Cunanan hat eine Tochter?

– Warum nicht, viele Homosexuelle haben Kinder. Nimm Thomas Mann zum Beispiel, der ...

– Ist ja schon gut, wissen wir. Aber es war bisher nie die Rede davon, daß Cunanan irgendwann mal was mit Frauen gehabt hätte. Mich interessiert nicht so sehr, ob dieses Detail wahr ist – daß er eine Tochter hat –, vielmehr, wer es in Umlauf gebracht hat.

– Vermutlich er selbst. Warum sollte jemand anderer so was erfinden?

– Warum er selbst?

– Weil es eine weitere nette, kleine Lügengeschichte aus seiner von ihm selbst in die Welt gesetzten fiktiven Autobiographie ergibt: Familiengründung mit einer Frau, Trennung, *coming out* als Homosexueller – damit läßt sich schon der eine oder andere Abend bestreiten. Und es ist doch ein hochanständiger Wunsch, nach San Francisco umziehen zu wollen, um seiner Tochter näher zu sein. Es gibt dem ganzen Umzugsthema einen moralischen Anstrich. Stoff genug für einen dieser kleinen, dramatischen Auftritte, die Cunanan offenbar so sehr liebte.

– Es *könnte* aber auch wahr sein.

– Es könnte.

Lieutenant Jim C. sagte, es gebe keine Hinweise darauf, daß Andrew Cunanan eine Tochter habe.

– Was anderes war nicht zu erwarten.

– Das besagt gar nichts. Die Polizei hat auch keine Hinweise auf Cunanans Verbleib.

Andrew Cunanan hielt sich in den vergangenen Wochen mehrmals in San Francisco auf und wollte dort angeblich mit einem anderen Mann zusammenziehen. Dieser Mann, so Lieutenant Jim C., wurde argwöhnisch, als Andrew Cunanan begann, über «gewalttätige Dinge» zu reden.

– «Gewalttätige Dinge». Das ist die unbeholfen-diskrete polizeiliche Umschreibung für die erwähnten sadomasochistischen Gewaltphantasien.

– Ein Polizeioffizier muß nicht genauer werden, wenn er zur Presse spricht. Es soll nicht im geringsten der Eindruck erweckt werden, er liefere Stoff für reißerische Artikel.

– Wohlwissend, daß ein so unbestimmter Ausdruck wie «gewalttätige Dinge» die Schmuddelköpfe erst so richtig heiß macht.

– So weit, so gut. Alles in allem müssen wir aber feststellen, daß seit dem letzten Mord an William R. in New Jersey der Kontakt zu Cunanan komplett abgerissen ist. Wir haben gar nichts Neues, außer einigen Geschichten von Leuten, die den Andrew Cunanan von *vorher* kannten. Niemand weiß aber, ob dieser Andrew Cunanan von *vorher* irgendwelche Gemeinsamkeiten mit dem Andrew Cunanan von *nachher* aufweist, die über den Namen hinausgehen. Darum versuchen die meisten, die ihn persönlich kennen, in ihren Erinnerungen an ihn das Monster zu entdecken, das damals schon in ihm geschlummert haben mußte.

–Ja, wobei mir diese Betrachtungsweise grundsätzlich nicht behagt. Diese Vorstellung, daß «etwas», das immer schon in ihm drin war, plötzlich aus ihm herausbricht und ihn diese Morde begehen läßt.

–Ist aber ziemlich gängig, würde ich sagen.

–Sicher. Genauso wie die Angewohnheit, sich eine Persönlichkeit als ein zeitliches Kontinuum zu denken.

–Wie?

–Zu denken, daß man als Person zwar im Lauf der Zeit gewissen Veränderungen unterworfen sei, dabei im Grunde aber immer «ganz der alte» bleibe. Meines Erachtens tut jemand, der kaltblütig beschließt zu morden, einfach einen Schritt, der sich aber nicht unbedingt von ferne her angekündigt haben muß. Deshalb vermute ich, daß Andrew Cunanan exakt derselbe Charakter ist wie vor den Morden. Er ist nicht mehr oder weniger Monster als vorher.

–Vielleicht ist das klug, was du da sagst, vielleicht auch nicht. Jedenfalls erklärt es nicht, was jetzt weiter passiert.

–Wir *wissen* doch, was jetzt weiter passiert. Der

weltberühmte Gianni Versace wird erschossen, und der Täter heißt wahrscheinlich Andrew Cunanan.

– Aber *warum* hat er das getan?

– Um nicht in Vergessenheit zu geraten. Denn sieh dir an: Sie tappten alle im dunkeln. Von Mitte Mai an bis Mitte Juli gibt es nicht den geringsten gesicherten Hinweis, wo er sich aufhalten könnte. Und so wie sich die Polizei anstellt, sind Fahndungserfolge nicht zu erwarten.

15. Mai. Vergangenen Monat sagte Andrew Cunanan, er werde San Diego verlassen, um einige geschäftliche Angelegenheiten in Minneapolis zu erledigen. Heute sind ein früherer Liebhaber von ihm und drei weitere Männer tot. Die Polizei versucht, die wenigen vorhandenen Beweismittel zusammenzufügen. Die Gay Bars und Discos in New York City sind mit Steckbriefen Andrew Cunanans gepflastert. Sie enthalten eine Täterbeschreibung und einige Fotos. Auf ihnen ist ein fröhlich wirkender 27jähriger mit adrettem Haarschnitt zu sehen. Den Behörden zufolge aber handelt es sich bei dem Mann um einen mehrfachen Mörder, der jederzeit wieder zuschlagen kann. Sie fürchten, er könne nach seinem letzten Mord in New Jersey versuchen, in New York oder einer anderen Großstadt unterzutauchen.

«Meine größte Sorge ist, daß draußen auf dem Highway irgendein Beamter diesen Typen wegen einer Verkehrsübertretung anhält und dann von ihm erschossen oder schwer verletzt wird», sagte Dale B. vom Morddezernat der Polizei in Minneapolis vor Journalisten. Über den Mord an Lee M. in Chicago sagte er: «Als ich davon hörte, dachte ich offen gestanden: Gott sei Dank ist der nicht auch noch bei uns passiert.»

Seitdem intensiv nach Andrew Cunanan gefahndet wird und die Medien ausführlich darüber berichten, ertrinkt die Polizei förmlich in einer Flut von Hinweisen. Aus den gesamten Vereinigten Staaten treffen Meldungen ein, nach denen Cunanan angeblich gesehen worden sein soll.

Welche Rolle er bei den vier Morden gespielt hat, was seine Motive gewesen sind, das kann erst herausgefunden werden, wenn er gefaßt ist, sagte Lieutenant Dale B., und: «Wenn wir Glück haben, kriegen wir ihn lebend.»

– Lieutenant Dale B., das Polizistenrauhbein, wie wir es aus amerikanischen Krimis kennen ...

– Was will er sagen, wenn er über die «Rolle» Cunanans bei den Morden spricht?

– In dubio pro reo. Solange der Mann nicht verurteilt ist, darf er nicht als Täter bezeichnet werden. Lieutenant Dale B. weiß das.

– Übrigens gibt's in Chicago Probleme. Du erinnerst dich an den Buchhändler aus San Diego, der behauptete, Lee M.s Sohn sei eng mit Cunanan befreundet gewesen, und das dann dementiert hat?

– Klar doch.

– Richard R., ein Kolumnist der *Chicago Sun Times*, sah sich genötigt, einen moralinsauren Besinnungsaufsatz über das Thema des Gerüchts im allgemeinen zu verfassen, den ich dir nicht vorenthalten will.

15. Mai. Den Ursprung eines Gerüchts finden zu wollen mutet an wie der Versuch, den Himmel zu berühren. Beides ist schlechterdings nicht möglich.

Deshalb wirken Gerüchte so zerstörerisch. Und jeder, der zu ihrer Verbreitung beiträgt, genießt quasi den Schutz diplomatischer Immunität, denn stets kann er mit Recht von sich behaupten: «Von mir stammt das nicht, ich hab' das nicht erfunden!»

Seit dem Mord an Lee M. vor etwas mehr als einer Woche schwirren über den Fall Gerüchte, Halbwahrheiten und Unterstellungen durchs Land wie ein riesengroßer häßlicher Wirbelsturm aus schlimmen Worten. Und selbst wenn sich die schokkierendsten Spekulationen als wahr herausstellen sollten, wäre es unmöglich, daß sich all die wilden Geschichten, die ich in den vergangenen Tagen gehört habe, bestätigen.

Einige davon stammen von der Straße, andere wurden von den Medien in die Welt gesetzt. Letzte Woche sprach ich mit einem Fernsehreporter, der mir alle möglichen «harten Fakten» zum Fall Lee M. präsentierte. Aber nichts davon hat sich bisher bewahrheitet. Auch von einigen meiner Leser, die «etwas gehört» hatten, habe ich einige «Tips» erhalten. Doch immer, wenn ich sie nach ihren Quellen fragte, bekam ich etwas zu hören wie: «Nun, ein Kollege von mir kennt eine Frau, deren beste Freundin einmal für jemanden gearbeitet hat, der wirklich zu den engsten Vertrauten der Familie gehört.»

Großartig. Das ist genau, was ich meine. Auf eben jene Weise entstehen zum Beispiel auch jene aberwitzigen Gerüchte über Hollywood-Stars, an denen nichts Wahres dran ist, die aber doch Millionen glauben, sooft sie auch dementiert werden.

Welche Macht ein Gerücht entfalten kann – besonders, wenn es Schlagzeilen verspricht –, war einmal mehr diesen Sonntag abend zu beobachten. Der bis dahin namentlich nicht in Erscheinung getretene Inhaber eines Buchladens für Homosexuelle in San Diego veranstaltete eine Pressekonferenz, um bekanntzugeben, daß er von einer Zeitung aus Minneapolis falsch zitiert worden sei.

In der Sonntagsausgabe der *Minneapolis Star Tribune* war zu lesen, er – sein Name ist Bruce K. – habe gesagt, der mutmaßliche Serienkiller Andrew Cunanan sei mit Duke M., Lee M.s Sohn, «eng befreundet» gewesen. Am Sonntag abend jedoch behauptete Bruce K., er habe dem Zeitungsreporter lediglich erzählt, was er «auf der Straße» über den Fall gehört habe, nämlich, daß Andrew Cunanan und Duke M. in irgendeiner Weise miteinander in Verbindung gestanden hätten.

Was er «auf der Straße» gehört hat. Mit anderen Worten: Bruce K. ist selbst einem Gerücht gefolgt und hat zu seiner Verbreitung beigetragen. Nehmen wir einmal an, es bestehe keinerlei Beziehung zwischen Duke M. und Andrew Cunanan. Wo kommt dann dieses Gerücht her? Irgendwo muß es sich irgend jemand einfach ausgedacht und dann für seine Verbreitung gesorgt haben.

– Sein Scharfsinn ist in der Tat bemerkenswert.

– Ebenso wie seine moralische Differenziertheit. Von der sittlichen Empfindsamkeit seiner Leser hingegen scheint er keine allzu hohe Meinung zu haben.

– Aber er erfüllt beherzt seinen Erziehungsauftrag.

– Den er sich, nach Art der Laienprediger, selbst erteilt hat.

– Wo wird das enden?

Das ist alles, was nötig ist, um den Flächenbrand eines Gerüchts zu entfachen. Lee M.s Geschäftspartner Paul B. sagte am Sonntag, daß all die Geschichten, die jetzt kursieren, den Schmerz der von dem Mord betroffenen Familie noch vermehren. Die Familie Lee M.s selbst veröffentlichte am Montag ein Statement, in dem es unter anderem hieß: «Unbegründete Spekulationen werden nicht dazu beitragen, dieses entsetzliche Verbrechen aufzuklären.»

–Soviel ist sicher.

–Und unser Freund, der Zeitungsschreiber, scheut sich nicht, sich dieses Zitat in aller Scheinheiligkeit ans Revers zu heften. Schließlich lebt der Kollege von Gerüchten, wie auch sein Blatt, wie jedes Blatt. Ich behaupte: Für die Opfer und ihre Familien ist Andrew Cunanan überhaupt nicht wichtig. Von einem bestimmten Standpunkt aus betrachtet, ist es egal, wer die Morde begangen hat, denn wer es auch immer gewesen sein mag – Fakt bleibt, sie sind geschehen, in aller Grausamkeit, mit allen grausamen Konsequenzen. Für den «Rest der Welt» aber, also für die überwältigende Mehrheit, sind die Opfer und ihre Angehörigen nicht interessant, sondern allein der Täter. Für sie schreiben die Zeitungen, berichten die Medien. Was die Opfer betrifft, wollen wir nur wissen, warum der Täter sie sich ausgesucht hat. Warum es diese getroffen hat, nicht andere oder gar uns. Die Hauptsache aber ist es, den Täter zu charakterisieren, ihn – da zuwenig Informationen vorhanden sind; und es sind immer zuwenig Informationen vorhanden – ihn zu *erfinden*. Warum hat Cunanan Lee M. umgebracht? Jede Spekulation, die Auflage verspricht, ist erlaubt, denn alles, was behauptet wird, könnte sich als wahr erweisen, solange Andrew Cunanan da draußen herumläuft und sich nach seinem nächsten Opfer umsieht.

–O.K., aber ich glaube gar nicht, daß Richard R. so naiv ist, das nicht zu wissen.

–Sondern?

– Er macht sich die Mühe, diesen etwas krausen moralistischen Exkurs zu publizieren, weil Lee M. und seine Familie wohlhabend und sehr einflußreich waren und sind. Nimm etwa den einfachen Friedhofswärter William R., von dem fälschlich auch schon behauptet wurde, er sei homosexuell gewesen. Hast du irgendwo eine Richtigstellung, irgendwo so eine bedächtige Predigt über die Gefährlichkeit von Gerüchten gelesen? Natürlich nicht! Ob William R. schwul war oder nicht, warum er von Andrew Cunanan ermordet wurde, will niemand wissen, denn er ist keine öffentliche Figur gewesen. Er ist nur ein Strich auf der Liste, eine knappe Meldung. Anders Lee M. Sein Tod ist eine *Story*. Richard R. weiß das. Er sagt es in seinem Artikel beiläufig sogar selbst. Er würde für William R. bestimmt dasselbe «Recht» fordern wie für Lee M. Dabei wissen wir doch ganz genau, daß das nichts ändert. Nein, nein, an Gerüchten ist nichts verkehrt, jedes von ihnen gehört veröffentlicht, ebenso wie ihre Dementi. Wir spielen hier ein Spiel, das «Fang-den-Mörder»-Spiel, da darf jeder mitspielen, auch Richard R., solange er nicht zum Spielverderber wird.

– Na, na. Heute in der Rolle des knallharten Medienzynikers?

– Nein, Medienkritikers. Ohne falsche Illusionen allerdings.

– Hat die Presse nicht eine gesellschaftliche Funktion?

– Sehr wohl. Sie hat die Funktion zu unterhalten,

Spaß zu machen. Haben die sogenannten seriösen Zeitungen die höchsten Auflagen? Stürzen sich die Menschen am Morgen auf die Zeitungskästen wegen seitenlanger Artikel über die Steuerpolitik? Nein? Wir wollen *wahre* Geschichten lesen über ungeheuerliche Vorfälle, die unseren Atem stocken lassen, bevor wir in unseren Büros tun, was wir jeden Tag tun. Und alles, was wir über Andrew Cunanan lesen, *ist* eine wahre Geschichte, das beweist die Tatsache, daß es ihn gibt und er in regelmäßigen Abständen Menschen umbringt. *Das* ist die wahre Funktion der Presse!

– Du beschreibst einfach nur, was ist, ohne zu fragen, ob es gut ist.

– Das ist nicht unser Job. Das überlassen wir besser Leuten wie Richard R. Sieh her, was ich meine: Dieser Artikel stammt aus der gleichen Zeitung wie seine Kolumne.

In einem Interview mit *Crain's Chicago Business* hat Paul B., früherer Partner Lee M.s, den Vogel abgeschossen. Er sagte, die Kosmetik-Königin Marylin M. solle an die Stelle ihres ermordeten Ehemannes Lee treten und Vorstandsvorsitzende in dem gemeinsamen Immobilienimperium werden – oder Paul B. ihren ererbten fünfzigprozentigen Anteil übertragen, um ihn zum Alleineigentümer des Unternehmens zu machen.

Hier, was Paul B. laut *Crain's* wörtlich sagte: «Ob's Ihnen nun gefällt oder nicht, Sie sind jetzt im Immobiliengeschäft», sagt Paul B. über die 59jährige Ms. M und ihre beiden Kinder. «In gewisser Weise waren wir beide mit demselben Mann verheiratet.»

Ich glaube, man muß kein Nobelpreisträger sein, um sich vorstellen zu können, daß Marylin M. vom Foltertod ihres Mannes erschüttert ist und in diesen Tagen am allerwenigsten ans Geschäft denkt.

Könnte sein, daß ich falsch liege, aber wenn ich Marylin M. wäre, würde ich Paul B. eine schallende Ohrfeige verpassen.

– Das ist doch ein entschieden lebendigerer Tonfall!

– Und wie heißt der begnadete Autor?

– Ein gewisser Michael S.

– Aber immerhin: Nicht die Spur eines Gerüchts in diesem Artikel.

– Hier *noch* was Amüsantes aus dieser Zeitung, was irgendwie zum Thema paßt.

Obwohl Liam Neeson schon für die Titelrolle eines Films über Oscar Wilde engagiert ist, stellt sich die Londoner Oscar Wilde Society quer. Ihre Mitglieder finden Liam Neeson «zu heterosexuell» und sind ebenso unglücklich über die Besetzung von Hugh Grant als Oscar Wildes Liebhaber Lord Alfred. Die Wilde-Fans finden Hugh Grant zu alt für die Rolle des verdorbenen jungen Edelmannes, dessen unvorsichtiges Gequatsche zu Wildes Untergang und Verhaftung führte, weil er schwul war.

– Nein, *das* ist etwas völlig anderes. Das ist Film, Literatur, Kunst, Fiktion in jedem Fall.

– Für Oscar Wilde war es das seinerzeit nicht.

– Trotzdem: Auch Andrew Cunanan ist in gewisser Weise Fiktion – jedenfalls das, was wir und die anderen, die über ihn schreiben, mit ihm anstellen.

21. Mai. Die Bundesbehörden ermitteln, ob eine Verbindung zwischen dem flüchtigen Andrew Cunanan und dem Mord an einer Frau am Muttertag in Maine besteht, über den Radio WDDO am Dienstag berichtete.

Die bisher nicht identifizierte 59jährige Ladenangestellte wurde am 11. Mai erschlagen in Scarborough, Maine, aufgefunden. Ihr Wagen, ein 1990er Nissan Pick-up, war gestohlen.

Die Behörden behaupten nicht, daß ein Zusammenhang mit Andrew Cunanan besteht, auch nicht, daß er das gestohlene Auto fährt. Sie weisen jedoch darauf hin, daß das Verbrechen einige Gemeinsamkeiten mit den vier anderen aufweist, deren Cunanan verdächtigt wird.

– Gemeinsamkeiten?

– Ja: eine Leiche und ein gestohlenes Auto.

– So gesehen wird Cunanan wohl bald in jedem Mordfall der erste Verdächtige sein.

«Wir verfolgen diese Ermittlungen mit Interesse», sagte die Sprecherin des FBI in Minneapolis. «Wir haben derzeit zwar keinerlei Informationen, daß Cunanan mit dem Mord in Maine etwas zu tun hat. Aber immer wenn ein Vorfall Ähnlichkeiten zu seinem Fall aufweist, haben wir ein Auge drauf.»

Wenn hier tatsächlich eine Verbindung bestünde, würden sich die schlimmsten Befürchtungen der Ermittler bestätigen.

Vergangenes Wochenende äußerte Dale B., ein Sprecher der Polizei von Minneapolis, gegenüber Radio WDDO, er befürchte, daß Cunanan – ein Mann der seit dem Beginn seiner Mordserie vor drei Wochen im Rampenlicht der Medien steht – immer verzweifelter werden könnte.

–Im «Rampenlicht der Medien» – das hat er wirklich schön gesagt.

–«Immer verzweifelter» – das klingt nach immer mehr Morden in immer kürzeren Abständen.

Dale B. sagte weiter, Cunanan habe vielleicht schon begonnen, sich nach einem neuen Fluchtfahrzeug umzusehen.

–Im Klartext: nach einem neuen Opfer.

–Ja, bisher hat er noch jedem seiner Opfer das Auto geklaut, wenn es eines hatte.

–Was nicht heißen soll, daß er sie um ihrer Autos willen umgebracht hat.

–Aber bei Dale B. hört es sich fast so an, als wäre es so gewesen.

–Ist ja wohl auch nicht ganz verkehrt. Ein unbekanntes Fluchtfahrzeug bringt Zeit, bringt mindestens eine weitere Woche Vorsprung.

Zur gleichen Zeit, als der Mord in Maine passierte, gingen hunderte von unbestätigten Meldungen über Sichtungen Cunanans bei der Polizei des Staates New York ein. Die Behörden teilten jedoch umgehend mit, daß sie jeden Tag eine Unzahl von Hinweisen erhalten, nach denen er angeblich gesehen worden sein soll.

Andrew Cunanan, 27, wird verdächtigt, zwei Männer in Minnesota ermordet zu haben, einen in New Jersey und einen weiteren in Chicago. Bei dem letzteren handelte es sich um den Geschäftsmann Lee M., der eine hochgeschätzte Unternehmerpersönlichkeit war, deren Tod den Fall Cunanan landesweit ins Rampenlicht der Medien rückte.

–Ja, das finden sie so hübsch, daß sie es jetzt dauernd wiederholen müssen, «das Rampenlicht der Medien».

–Wie kommen sie nur auf die Idee, das könnte Cunanan lästig sein? Vielleicht genießt er es.

Nach dreien seiner Morde stahl er den Wagen des jeweiligen Opfers. Der letzte Mord ereignete sich in Pensville, New Jersey, das nur sechseinhalb Autostunden von Scarborough, Maine entfernt ist.

–Siehst du, die sind genauso schlau wie du.

–Sind sie nicht. Sie kapieren nicht, daß Cunanan niemals eine Frau umbringen würde. Er interessiert sich nicht für Frauen.

–Du vertrittst also die Schwulenmördertheorie. Er tötet Schwule aus Haß gegen die Schwulen, stimmt's?

–Das hab' ich nicht gesagt. Aber Fakt ist, daß er bisher nur Männer umgebracht hat. Nimm gewöhnliche Serienkiller – die bringen Frauen um, *nur* Frauen. Und sie gehen dabei ziemlich pedantisch vor. Manche suchen sich zum Beispiel nur Brünette mit einem Muttermal am Kinn aus, weil sie die an irgend jemanden erinnern, verstehst du?

–Natürlich, und weiter?

–Ja, und Cunanan hat sich Männer ausgesucht. Warum sollte er plötzlich das Thema wechseln. Ich hab' da so ein Gefühl, glaub mir, der bringt keine Frauen um.

Am Dienstag wurde bekannt, daß das FBI die kanadischen Behörden gebeten hat, verschärft Ausschau nach Andrew Cunanan zu halten. Es wurde aber darauf hingewiesen, daß dieser Schritt nicht im Zusammenhang mit den gemeldeten angeblichen Sichtungen Cunanans im Staat New York steht.

Es hieß, die Canadian Royal Mounted Police sei vor allem deshalb informiert worden, weil die Ermittlungsbehörden beider Nationen eng zusammenarbeiten und sie durch eine so lange Grenze miteinander verbunden sind.

–Kanada. Was glaubst du, *Kanada*?
–Nnnein.

5. Juni. Die Bostoner Polizei hat Sicherheitskräfte und Teilnehmer der Gay-Pride-Veranstaltung, die diese Woche stattfinden wird, alarmiert. Sie vermutet, daß ein Homosexueller, der vier Männer ermordet hat, sich in der Bostoner Gegend aufhält.

Das FBI verfolgt landesweit Andrew Cunanan, 27, der verdächtigt wird, zwei Homosexuelle in Minnesota, einen Immobilienunternehmer in Chicago und einen Friedhofswärter in New Jersey umgebracht zu haben.

–Nun geht's endlich ans Eingemachte. Ein Friedhofswärter, ein Immobilienunternehmer, zwei Homosexuelle. Als wäre das ein Beruf, schwul zu sein.

–Ein Beruf ist das nicht, aber ein entscheidendes soziologisches Merkmal. Und die Schwulen werden sogar exklusiv vom FBI vorgewarnt. Komm mir nur nicht mit deiner Diskriminierungsgeschichte, das ist langweilig.

–Wenn's aber nun mal so ist. Dieses ganze Andrew-

Cunanan-Thema wird auf eine latent rassistisch-sexistische Art und Weise abgehandelt.

– Ach, hör doch auf, das ist doch gar nicht wirklich wichtig. Wir spielen mit ein paar Klischees, das tut jeder gute Thriller, jeder gute Krimi auch. Verstehst du, es ist gar nicht wichtig, ob hier die Berufe der beiden Schwulen aus Minneapolis genannt werden. Sie waren ein Architekt und ein Manager bei einer Öl-Firma, gut, aber das hilft uns nicht weiter. Daß sie schwul waren, ist das Salz in der Suppe. Drum ist es nicht «latent rassistisch-sexistisch», wenn ein Kollege schreibt, daß sie schwul waren, sondern wahr, richtig, gut erzählt …

– Man könnte das auch anders machen.

– Aber so liest sich's besser.

Wegen einem der Morde in Minneapolis wurde bereits Anklage gegen Andrew Cunanan erhoben.

Norman H. von der Bostoner Polizei sagte am Mittwoch, es habe drei unbestätigte Sichtungen Andrew Cunanans in der Bostoner Gegend gegeben.

Norman H., der als Kontaktbeamter für die Schwulenszene fungiert, sagte, er habe das für die Gay-Pride-Veranstaltung zuständige Sicherheitspersonal informiert.

«Ich glaube, es ist besser, auf Nummer sicher zu gehen, als nichts zu tun», sagte Norman H. «Die Leute sollen diese Woche über ihren Spaß haben, aber sie dürfen dabei ihre Umgebung nicht ganz vergessen.»

Die Polizei verteilte hunderte von Steckbriefen mit Fotos von Cunanan, nachdem unbestätigte Meldungen eingegangen waren, daß er in der Bostoner Gegend gesehen worden sein soll.

Die Verteilung erfolgte vor allem an Treffpunkten der Schwulenszene.

Am vergangenen Wochenende wurden ähnliche Warnungen an die Bürger von Yarmouth und Provincetown herausgegeben.

Provincetown ist seit Jahren ein Schwulenzentrum.

–Na, die Leute in Provincetown werden sich freuen, daß das jetzt in der Zeitung steht.

–Meine Güte, wenn's nun mal so ist.

Dem *Boston Globe* zufolge gab es hunderte von Berichten, nach denen Cunanan gesehen worden sein soll, es gebe aber keine Bestätigung, daß er sich tatsächlich in der Bostoner Gegend oder in New England aufhalte.

–Tjaja, das Phantom bleibt unsichtbar und scheint doch überall zu sein.

–Aber es wird berühmt, eine historische Persönlichkeit. Sieh her!

12. Juni. Soeben hat WDDO-Radio gemeldet, daß nach neuesten Informationen Andrew Cunanan auf

die «10 Most Wanted»-Liste des FBI gesetzt werden wird.

Es wird erwartet, daß dies heute morgen nach einer Konferenz des FBI bekanntgegeben wird.

Andrew Cunanan wird verdächtigt, vier Männer ermordet zu haben, zwei davon in Minnesota. Formell wurde bisher nur in einem dieser beiden Fälle Anklage erhoben, so daß das FBI-Büro von Minneapolis die landesweite Suche nach Andrew Cunanan anführt.

Das FBI hat bereits einen «Crime Alert»-Steckbrief in diesem Fall veröffentlicht.

– Damit ist er in der Hall of Fame des Verbrechens angelangt.

– Die Historiker werden wissen, wo sie ihn finden können. Aber den Ermittlern ist damit nicht geholfen.

18. Juni. Die Ermittler der Staatsanwaltschaft von Illinois können die an mehreren Tatorten gefundenen Fingerabdrücke nicht miteinander in Einklang bringen, berichtet die *Chicago Tribune*.

Andrew Cunanan, 27, ist der Hauptverdächtige in vier Mordfällen. Es fehlt jede Spur von ihm.

Ein Vergleich der Fingerabdrücke, die in Lee M.s Haus gefunden wurden, mit denen aus Andrew Cunanans Appartement in San Diego und weiteren, an den Tatorten in Minnesota sichergestellten, ergab kein beweiskräftiges Ergebnis. Dies teilte Lieutenant Colonel Laurence M., der Direktor des Laboratoriums, in dem die Untersuchungen stattfanden, heute der Presse mit.

Die Untersuchungen hätten sich schwierig gestaltet, sagte er. Das Hauptproblem sei nach wie vor, daß keine einwandfreien Fingerabdrücke von Andrew Cunanan vorhanden seien.

– Merkst du was? Cunanan verschwindet. Willst du wissen, warum er – in Kürze – Gianni Versace umbringen wird? Weil er Angst hatte. Angst, nicht erwischt zu werden. Sie setzten alles daran, ihn zu finden, und er bemühte sich bei seinen Morden weiß Gott nicht gerade um Diskretion. Er stand auf der «10 Most Wanted List» – und niemand hatte auch nur eine halbwegs zuverlässige Idee, wo er sein könnte.

– Ich will dazu jetzt nicht viel sagen. Wir werden darauf zurückkommen. Aber ich gebe dir soweit recht: Hätte er nicht Versace umgebracht, wäre er vermutlich noch heute unter uns.

19. Juni. Das Hauptaugenmerk der Ermittlungen gegen Andrew Cunanan richtet sich derzeit auf New Mexico.

– Waas? New Mexico. Weißt du, wie weit es von New Jersey nach New Mexico ist? Durch wieviel Bundesstaaten du da durchmußt? Ausgeschlossen. Niemals ist er in New Mexico. Sie verschwenden ihre Zeit.

–Zugegeben, New Mexico ist nicht der nächste Weg. Aber New Mexico grenzt bekanntlich an Mexico. Und wo tauchen die Filmgangster für gewöhnlich unter, wenn sie einen Mord begangen haben? In Mexico.

–Wenn's wirklich das ist, sehen die FBI-Leute einfach zuviel fern.

Ein Sprecher des FBI-Büros in Albuquerque teilt mit, es «verfolgt mehrere Spuren im Zusammenhang mit der Verfolgung Andrew Cunanans, die nach New Mexico führen».

–Klingt nicht gerade vielversprechend.

–Nein, nicht so, als würden sie ihn jeden Moment haben.

Andrew Cunanan steht in dem Verdacht, vier Morde begangen zu haben. Letzte Woche wurde er vom FBI auf die «10 Most Wanted»-Liste gesetzt. Vern B., ein Radioreporter in Albuquerque, sagte heute morgen bei WDDO-Radio, die Ermittlungsbehörden würden keinerlei Informationen herausgeben.

–Das Spiel kennen wir.

–Ach, was wären das schon für Informationen.

–Vergiß es.

«Nun, so ziemlich das einzige, was wir derzeit wissen, ist, daß das FBI einige Tips bekommen hat, Andrew Cunanan könnte sich im Süden des Staates aufhalten», sagte der Reporter. «Tatsache ist, daß das FBI mitgeteilt hat, daß keine weiteren Informationen herausgegeben werden können. Nur eben, daß Cunanan im Süden von New Mexico sein könnte.»

Dies überrascht, denn zuletzt konzentrierten sich die Ermittlungen des FBI auf Minnesota, Illinois, die Städte Boston und New York sowie Cunanans Heimatstaat Kalifornien.

–Was ja auch nicht gerade ein eng umgrenztes Gebiet ist.

–Hier haben wir noch so was von der Sorte.

23. Juni. Das FBI teilt mit, sie wüßten einiges über Cunanan, aber nicht, wo er sich gerade befindet.

–Das nenn' ich Humor!

–Ein echter Brüller ist das, würd' ich sagen!

Die *Chicago Sun Times* berichtet heute, es scheine, als sei Cunanan – wenigstens im Augenblick – verschwunden.

Vermutlich tauchte er zuletzt auf, als er William R. in New Jersey umbrachte und dessen Pick-up stahl.

Die Zeitung berichtet, das FBI habe keinerlei Informationen, wo er derzeit sei. Seine Fingerabdrücke seien nicht aktenkundig. Hinzu komme, daß er keine besonderen körperlichen Merkmale habe.

Ein Ermittler wird mit den Worten zitiert: «Es wird länger dauern, einen Kerl wie ihn zu kriegen. Aber wir *werden* ihn kriegen.»

– So, da wären wir!

– Wie bitte?

– Das ist so ziemlich das ganze Material, das uns bis zur Ermordung Versaces am 15. Juli vorliegt. Es gibt noch jede Menge weiterer Berichte, aber in denen steht wirklich immer nur dasselbe.

– Hier: «Andrew Cunanan in Oklahoma gesichtet».

– Ja, wunderbare Skurrilitäten.

– Verstehst du jetzt, was ich meine, wenn ich sage, er *mußte* Versace umbringen?

– Nein. Wenn man dieser perversen Logik überhaupt folgen will, kann man sagen, das erklärt, warum er einen weiteren Mord begehen mußte – aber nicht, daß Versace sein Opfer sein mußte.

– Doch, genau das. Gianni Versace ist eine Weltberühmtheit gewesen. Andrew Cunanan hatte nach dem Mord an Lee M. Gelegenheit zu lernen, daß es mehr Wirbel macht, wenn man einen Prominenten umbringt als irgendwelche Schwule.

– Du bist widerlich.

– Das sind die Fakten.

– Ach was, Fakten, Fakten, Fakten. Komm mir doch

nicht damit. Was hier am wenigsten zählt, sind Fakten.

– O doch. Vielleicht keine Fakten von der Sorte, wie sie dir lieb sind. Keine Fakten, wie sie täglich in der Zeitung stehen. Ich meine die Fakten *hinter* den Fakten, verstehst du?

– Ist ja hochinteressant!

– Ist es wirklich. Du wirst doch nicht so naiv sein zu glauben, jemand wie Gianni Versace stirbt einfach *so*. Wenn so jemand stirbt, muß etwas dahinterstecken. Die Mafia vermutlich.

– Wieso die Mafia?

– Kein Mensch kann in Italien ein Imperium wie das Versaces aus dem nichts errichten, ohne mit der Mafia zu kooperieren. Vielleicht ist er ihnen zu groß geworden, vielleicht wollte er nicht mehr, wie sie wollten, was weiß ich. Irgendein geheimer Konflikt, der auf diese entsetzliche Weise zu einem Ende gebracht wurde.

– Quatsch. Dafür gibt es nicht die geringsten Anhaltspunkte. Und überhaupt: Was soll das heißen, jemand wie Versace sterbe nicht «einfach so»? Der Tod ist banal. Das ist für die meisten Menschen eine unerträgliche Tatsache. Und sie wird ihnen geradezu unfaßbar, wenn ein Prominenter stirbt, den sie aus ihren Zeitschriften und dem Fernsehen kennen. So jemand, denken sie, stirbt nicht, kann nicht sterben. Deshalb muß etwas *dahinter* sein. So werden sie empfänglich für jede noch so abstruse Verschwörungstheorie.

–Ach was, du liegst einfach falsch, wenn du glaubst, Cunanan habe sich Versace ohne besonderen Grund ausgesucht, einfach nur, weil er wieder auf sich aufmerksam machen wollte. Du mußt dir das vorstellen: Das ganze Land – also auch das organisierte Verbrechen – weiß, da draußen ist ein vierfacher Mörder unterwegs, den das FBI nicht zu fassen kriegt. Was würde dieser Mann nicht alles tun, um an einen sicheren Ort, an eine neue Identität zu kommen? Einen weiteren Mord begehen? Aber sicher. An Gianni Versace? Warum nicht. Sie haben Kontakt mit ihm aufgenommen, und er hat angebissen, glaub mir. Sie haben ihm Geld angeboten, einen Flug ins Ausland, eine Gesichtsoperation, weiß der Kuckuck was, und er hat's getan.

–Du spinnst. Gianni Versace mußte sterben, weil Andrew Cunanan es wollte. Und er wollte es, um erlöst zu werden, um sein Verschwinden zu verhindern. Was wäre geschehen, wenn er ihn nicht getötet hätte? Er wäre nicht entdeckt worden, die Medien hätten bald aufgehört, über ihn zu berichten, und wenn man ihn am Ende doch gefaßt hätte, wäre das womöglich nur noch einen Zweizeiler im Vermischten wert gewesen. Cunanan hat begriffen, daß er in allererster Linie ein Medienereignis, ein Popstar ist – ein Party Boy eben. Und eine gute Party braucht ihren Höhepunkt.

–Noch etwas spricht dafür, daß Cunanan von der Mafia beauftragt wurde.

–Du läßt nicht locker.

–Seine Familie hielt Gianni Versace für verschwenderisch.

–Wie konnten sie? Er hat *sein* Geld ausgegeben.

–Ja, aber sie lebten von ihm, ziemlich gut, will ich meinen. Und sie sorgten sich, ob dies so bleiben würde. Ihn hat das nicht gekümmert. Er hat sein Leben genossen. Ich will nur sagen: In finanzieller Hinsicht bringt sein Tod der Familie nur Vorteile.

–Und deshalb hat seine eigene Familie ihm die Mafia auf den Hals gehetzt?

–Das will ich nicht gesagt haben. Aber ist es nicht denkbar?

–Denkbar ist auch noch der größte Schwachsinn. Laß uns doch mal sehen, was die Kollegen schreiben.

17. Juli. Sein aufgeblasenes Selbstbewußtsein wächst, nachdem es ihm ein weiteres Mal gelungen ist, den Verfolgungsbehörden zu entkommen. Er sonnt sich im Rampenlicht seines jüngsten Verbrechens.

–Handfeste Journalistenpoesie, nicht?

–Ausgezeichnet. Die Jungs haben scheinbar wirklich die Schnauze voll von Cunanan. Sie dämonisieren ihn, weil sie ihn nicht erwischen können. Das aber wiederum liegt nicht an seinem Superhirn, sondern an ihrer eigenen Unfähigkeit.

–Und sie bedenken nicht, daß Cunanan möglicherweise Helfer hat. Mächtige Helfer ...

Und falls der mutmaßliche Serienkiller Andrew Cunanan nicht bald gefaßt wird, so erläutern Experten, wird er weitermorden. Darüber, was sich in seinem Kopf abspielt, kann nicht viel gesagt werden. Aber Gerichtspsychologen bezweifeln nicht, daß er nach dem Mord an Modedesigner Gianni Versace noch dreister werden könnte.

«Das ist eines der wenigen Dinge, die er mit anderen Serienkillern gemeinsam hat. Die meisten von ihnen werden um so sorgloser, je häufiger sie töten. Sie beginnen, sich für unbesiegbar zu halten», sagte Jack L., Autor von drei Büchern über Serienkiller und Leiter eines Forschungsprogramms an der Northeastern University, das sich mit Gewaltstudien befaßt.

«Ich vermute, er befindet sich derzeit in einer Art Euphorie. Wenn wir ihn nicht daran hindern, wird er wieder töten», sagte Jack L. bei einer Pressekonferenz am Mittwoch. «Offensichtlich hat er einen Plan, nach dem er seine Verbrechen begeht.»

– Das wäre ein weiteres Merkmal, das er mit anderen Serienkillern gemeinsam hätte.

– Was heißt hier: «Offensichtlich hat er einen Plan»? Was ist da offensichtlich?

– Immer eines nach dem anderen. Merkst du was? Auch die Spezialisten stellen nicht irgendwelche wilden Vermutungen über die Mafia an, sondern gehen davon aus, daß Cunanan ein Einzeltäter ist.

–Das heißt noch lange nicht, daß sie recht haben. Und kannst du irgendeinen Plan hinter dem erkennen, was Cunanan tut?

–Nun, es ist sicher kein einfacher Plan, dem er folgt, keiner, wie wir ihn üblicherweise von Serienkillern kennen. Aber ich denke durchaus, daß er eine Absicht verfolgt. Eine Absicht allerdings, die uns bisher verborgen geblieben ist.

–Was du da sagst, ist auch nicht konkreter als meine Mafiatheorie.

Andrew Cunanans Opfer haben wenig gemeinsam. Zwei waren frühere Liebhaber von ihm. Einer war möglicherweise der Vater eines Freundes von ihm. Der vierte war ein Friedhofswärter aus New Jersey. Die Behörden sagen, Andrew Cunanan wollte seinen Pick-up.

Schließlich aber Gianni Versace, ein Topdesigner, den er vielleicht nicht einmal gekannt hat.

–«Schließlich» ist gut – woher will er das wissen.

–Und nicht nur Gianni Versace war ihm nicht persönlich bekannt. Lee M. und der Friedhofswärter waren für ihn auch Fremde.

Richard K. R. beschäftigt sich seit fünfzehn Jahren im Auftrag des FBI mit Profilen von Serienkillern und hat den Fall Cunanan sehr genau verfolgt.

«Er hatte Beziehungen mit einigen jungen Männern, und einer hat ihn verlassen. Er hatte finanzielle Probleme. All diese Faktoren trieben ihn zu seinen Taten. Selbstsüchtig und narzißtisch, wie er ist, reagierte er auf diese Konflikte negativ. Und ich habe den Verdacht, daß er sich mit Aids angesteckt hat.»

– He, warum lachst du? He, was ist, hör auf zu lachen!

– Das gibt's doch gar nicht, *dieser* Schwachkopf soll Polizeipsychologe sein? Oh, bewundernswert, dieser Scharfsinn, diese Präzision, mit der er uns eine Erklärung liefert, die sich auch noch jeder Stammtischidiot alleine zusammenreimen kann. Wofür werden diese Kerle eigentlich bezahlt?

– Ich find's nicht schlecht. *Du* bist doch so fürs Banale.

– Ach was. Ich wette mit dir um *alles*, daß Cunanan kein Aids hat. So was kann nur einem Polizeipsychologen einfallen.

– Ganz und gar nicht, ich habe mir das auch schon überlegt, auch wenn es vielleicht nicht politisch korrekt ist, das zu denken, aber es liegt doch irgendwie nahe, das mußt du zugeben.

– Ich sage dir doch: Um alles wette ich, um alles!

– Na, warum ist das denn *so* wichtig?

– Weil es zeigt, daß in Cunanan alles mögliche hineinprojiziert wird, was mit ihm überhaupt nichts zu tun hat. Vielleicht würde der Polizeipsychologe zum

Amokläufer, wenn er erführe, daß *er* Aids hat. *Deshalb* glaubt er, Andrew Cunanan habe Aids.

– Vielleicht solltest du dich als Polizeipsychologe bewerben. O.K., ich seh's ein, wir müssen wetten. Wetten wir um eine Kiste Champagner, daß er Aids hat.

– Einverstanden, ich wette dagegen.

Jack L. sagte, er habe hunderte Massenmörder und Serienkiller studiert, und die meisten von ihnen hätten irgendwann einen schlimmen Verlust oder ein besonderes Trauma erlitten. Er vermutet, etwas Derartiges habe den mörderischen Impuls in Andrew Cunanan geweckt. Seine Mutter beispielsweise sagt von ihm, er habe als Callboy gearbeitet.
«Die Ursache muß nicht unbedingt ein psychischer Defekt sein. Auch eine unglückliche Liebesaffäre könnte schuld sein», sagte Jack L. «Es könnte sein, daß er sich mit HIV infiziert hat und ältere homosexuelle Männer dafür verantwortlich macht.»

– Da finde ich ja deine Mafiatheorie noch plausibler.

– Oh, danke. Aber es ist doch nicht auszuschließen, daß Jack L. und Richard K. R. recht haben.

– Nein, sicher: Auszuschließen ist gar nichts. Aber eine HIV-Infektion würde ihnen einfach gut in den Kram passen. Es wäre dann eine runde Geschichte. Ein schwuler Callboy fängt sich bei einem seiner Kunden Aids ein, ist verzweifelt, läuft Amok und bringt alte Kundschaft um – das ließe keine Fragen offen.

–Leider. Es würde den Dämon zum banalen Mörder aus Verzweiflung machen.

17. Juli. Die Autorin Ann R. war sich sicher, daß Andrew Cunanan sich umgebracht habe – bis er abermals auftauchte, um das Leben des weltberühmten Modedesigners Gianni Versace auszulöschen.

–«Auftauchte, um sein Leben auszulöschen» – siehst du, es geht voll weiter auf der Dämonenschiene.

–Wir werden uns doch nicht selbst um unsere beste Story bringen.

Sogar schon vor dem Mord an Versace auf den Stufen seines Hauses in Miami Beach hatte die mutmaßliche Mordserie Cunanans das Augenmerk von Ann R., der angesehenen Krimiautorin aus Seattle, auf sich gezogen.

«Es ist eine gute Story. Ich überlegte, ob ich darüber schreiben sollte. Aber ich denke, es ist so wie bei Jon Benet R. oder bei O.J. Simpson – zu viele machen etwas darüber», sagte Ann R. am Mittwoch.

–Ja, sie hat recht, man sollte nichts darüber schreiben. Alle Welt schreibt darüber, das könnte schnell langweilig werden.

–Spinnst du? Und wie wir darüber schreiben! Die Finger schreiben wir uns wund! Was ist das für eine schwachsinnige Einstellung – «zu viele machen was darüber»? Soll sie's eben bleibenlassen! Hast du je was von Ann R., der «angesehenen Krimiautorin», gehört?

– Nie.

– Ich auch nicht. Und warum nicht? Weil sie sich wahrscheinlich immer zu fein ist, was über Dinge zu schreiben, die tatsächlich passieren. Dabei wird die Sache doch um so besser, je mehr Leute darüber schreiben.

– Logisch, besonders, wenn sie so gut sind wie wir.

«Das einzige, was mich umstimmen könnte, wäre ein Anruf von Andrew Cunanan persönlich», fuhr Ann R. fort. «Wenn er mir selbst seine Geschichte erzählt, überlege ich's mir noch mal.»

– Nur interessiert an Antworten, nicht an Fragen.

– Sie ist Krimiautorin, da ist das normal.

Ann R. hat sich jahrelang mit Serienkillern befaßt und weiß: «Andrew Cunanan ist ein klassischer ‹spree killer›, also ein Mittelding zwischen einem Serienkiller und einem Massenmörder. Spreekiller töten eine große Zahl von Menschen in kurzer Zeit. Meistens bringen sie sich am Ende selbst um. Als man von Andrew Cunanan nichts mehr hörte, dachte ich, er habe Selbstmord begangen und wir würden irgendwann seine Gebeine finden. Offenbar ist das, was wir hier haben, eine neue Variation auf ein Thema. Er muß wirklich voller Haß sein.»

–Wieso neue Variation? Er ist eben noch nicht fertig.

–Ja. Sicher gibt es bald weitere Opfer.

Ann R. hat «das Gefühl, daß es sich bei ihm um einen Typ handelt, der denkt, er sei der Beste. Ich gehe hin, knalle irgendeinen Superpromi ab und bin wieder weg. Es ist einfach eine ungeheuerliche Provokation, sich jemanden herauszusuchen, der so berühmt ist wie Gianni Versace.»

–Na ja, wenn ich mir ansehe, was sie da für dummes Zeug redet, finde ich es vielleicht doch ganz gut, daß sie nichts über den Fall schreibt. Ich glaube, sie stellt sich Cunanan wie einen Sportler vor, der sich an immer schwereren Herausforderungen mißt.

–Nein, sie hat durchaus etwas von seinem Größenwahn begriffen. Das einzige, was ihn noch am Leben hält, ist die Vorstellung, als eines der größten Monster, die es je gab, in die Geschichte einzugehen. Das hat er geschafft, indem er einen weltbekannten Mann ermordet hat.

–Ach ja, erzähl mir du was vom Größenwahn Andrew Cunanans.

–Den kann man sich doch leicht vorstellen.

–Gar nichts kann man sich vorstellen, Freund. Kein Mensch kann sich vorstellen, wie es ist, fünf Minuten nachdem man jemanden getötet hat. Ich wette, wenn du Cunanan einige Stunden vor seinem ersten Mord gefragt hättest, ob er sich vorstellen kann, einen Menschen umzubringen, hätte er gesagt: Niemals. Krimiautoren verschwenden ihre Zeit damit, «sich in den Täter hineinzuversetzen», und wenn sie originell sind, gelingt es ihnen, ihrem Publikum vorzumachen, sie wüßten etwas Besonderes über den Fall. In Wahrheit wissen wir gar nichts, und Andrew Cunanan selbst könnte uns vermutlich auch keine Auskunft geben.

– Mag sein. Vor allem: Er tut es de facto nicht. Er schweigt, das heißt: Seine einzige Form, sich mitzuteilen, ist die, zu töten.

– Klar. Aber wir können festhalten, daß die Schriftsteller beginnen, sich des Falles Andrew Cunanan anzunehmen.

– Kein gutes Zeichen, findest du nicht?

– Die meisten Themen wandern von den Schlagzeilen irgendwann ins Feuilleton, und wenn sie dort angekommen sind, kannst du sie endgültig vergessen.

– Aber soweit sind wir noch nicht.

– Ich hab's mir übrigens überlegt, ich will gar nicht als Coautor erscheinen. Es ist deine Geschichte.

– Das überrascht mich. Warum?

– Mein Anteil an den Recherchen gehört dir, mach damit, was du willst.

– Was soll das denn heißen?

– Ich will, daß du den Artikel schreibst, die Redaktion aber erfahren wird, daß ich die entscheidende Arbeit im Hintergrund geleistet habe. Flotte Schreiber wie dich gibt es viele. Findige Redakteure wie ich aber sind gesucht ...

– Genialer Plan, aber du vergißt dabei, daß es niemand interessieren wird, woher ich meine Informationen habe.

– Ich werde dafür sorgen, daß es die richtigen Leute erfahren, verlaß dich drauf.

18. Juli. Er ist wütend. Er ist rachsüchtig. Er ist skrupellos. Und er ist beinahe am Ende.

Das ist die Meinung des Mannes, der den Begriff «Serienkiller» geprägt hat: Robert R. Heute sprach er mit Ruth K. von Radio WDDO über den aufsehenerregenden Fall.

Da Andrew Cunanan keinen Zufluchtsort und keine Möglichkeit, zu entkommen, hat, vermutet Robert R., daß er sich entweder schon umgebracht hat oder sich in irgend jemandes Haus versteckt.

– Selbstmord kommt jetzt aber häufig vor.

– Sie wollen ihn wahrscheinlich mürbe machen damit. Sicher liest er auch Zeitung. Und wenn ihm da immer wieder vorgeschlagen wird, sich doch endlich die Kugel zu geben, macht das Eindruck.

Vielleicht hat er auch eine Familie gekidnappt und sich so Schutz, Nahrungsmittel und ein Badezimmer verschafft, sagt Richard K. R., aber nachdem die Augen der Weltöffentlichkeit jetzt auf ihn gerichtet sind, wird er nicht mehr lange durchhalten können.

«Ich denke, sieben bis zehn Tage wird das noch gehen. Ich denke nicht, daß es viel länger dauern wird. Ich denke, er ist am Ende des Weges angekommen», sagt Richard K. R.

– Warum müssen wir alles erfahren, was Richard K. R. sich so denkt?

– Weil er ein Fachmann ist, ein Experte, der Hunderte von ähnlichen Fällen beobachtet hat und deshalb zum Wahrsager taugt. Die Angelegenheit wird mehr und mehr eine Sache für Experten und solche, die sich dafür halten. Und es werden täglich mehr.

Dies waren nur einige der treffenden Beobachtungen des Mordexperten, der den Bestseller «Ich habe im Monster gelebt» über seine Erfahrungen mit Serienkillern wie John Wayne G. und Jeffrey D. geschrieben hat.

– «Ich habe im Monster gelebt.» Das ist ja zum Wiehern.

– Wieder diese Identifikationsmasche, diese Idee, man könne sich in Cunanan hineinversetzen, um in ihm zu lesen wie in einem Buch.

19. Juli. Der wegen Morden in vier Bundesstaaten gesuchte Cunanan könnte der Polizei bisher entwischt sein, weil er sich als Frau verkleidet hat. Diese Möglichkeit wird derzeit jedenfalls überprüft.

Die Polizei veröffentlichte Samstag nacht eine entsprechende Pressemitteilung. Das Statement sagte unter anderem, daß Andrew Cunanan «sich möglicherweise sämtliche Körperhaare rasiert hat, um diese Tarnung glaubwürdiger zu machen».

Angeblich fanden Ermittler Rasierzeug und Haarfärbemittel, als sie das Hotelzimmer in Miami Beach durchsuchten, in dem Cunanan wahrscheinlich die vergangenen zwei Monate gelebt hat. Er wurde noch am Dienstag dort gesehen, dem Tag, an dem der italienische Modedesigner erschossen wurde.

Am Samstag wurde Andrew Cunanan nach einem Bericht des *Fort Lauderdale Sun Sentinel* in einem Sheraton Hotel in Fort Lauderdale anhand von Polizeifotos identifiziert: Cunanan wurde dort am Freitag morgen zuletzt gesehen – in Männerkleidung.

– Auf das FBI kann man sich verlassen. Ein durchgedrehter Aids-infizierter Schwuler *muß* eigentlich in Frauenkleidern herumlaufen, sich «überall rasieren» und mit verstellter Stimme sprechen.

– Daß man es über zwei Monate lang schlicht nicht geschafft hat, Cunanan zu fassen, klingt ja auch nicht so aufregend.

19. Juli. Die Ermittlungsbehörden vermuten, daß sich Andrew Cunanan noch immer in Miami aufhält. Sie berufen sich dabei vor allem auf die Aussage eines Hotelangestellten aus Fort Lauderdale.

Dem Portier eines dortigen Sheraton-Hotels fiel am Freitag morgen ein Mann auf, der wie Andrew Cunanan aussah, berichtet CBS-TV.

Der Portier sagte gegenüber dem Fernsehsender, der Mann habe sich als Ausländer ausgegeben und nach einigen Wegen gefragt. Als er die Überwachungskamera entdeckte, habe er sein Gesicht verborgen und sei vom Hotel weggegangen.

Der Film aus der Überwachungskamera befindet sich laut CBS jetzt beim FBI.

Inzwischen hat sich herausgestellt, daß Andrew Cunanan nichts mit der Ermordung eines Arztes in Miami zu tun hat.

Im Zusammenhang mit der Ermordung von Dr. Silvio A. wurde ein anderer Verdächtiger festgenommen. Dr. Silvio A. war in seinem Anwesen, das etwa 15 Meilen von Gianni Versaces Haus entfernt ist, tot aufgefunden worden. Augenzeugen berichteten, sie hätten einen Mann aus dem Haus des Arztes kommen sehen, auf den die Beschreibung Cunanans gepaßt habe.

Weiterhin bleibt Cunanan aber der Hauptverdächtige in fünf weiteren Mordfällen, auch in dem Gianni Versaces.

Andere Berichte vom Samstag melden, Cunanan habe befürchtet, HIV-positiv zu sein, und er habe einem Berater gegenüber gesagt, er werde denjenigen «kriegen», der ihn angesteckt hat.

Die *San Diego Union-Tribune* zitiert einen ehrenamtlichen Berater einer Aids-Beratungsstelle, die Cunanan zwei Monate vor dem Beginn seiner mörderischen Reise durch die USA aufgesucht haben soll.

«Er stellte mir ziemlich grundlegende Fragen darüber, wie Aids übertragen wird», sagte Mike D. «Er erwähnte einige der Dinge, die er sexuell getan hatte. Ich erläuterte ihm, daß manche dieser Dinge auf eine gewisse Art in einer Grauzone lägen und er künftig vorsichtiger sein müsse.»

– Das hat er schön erklärt, wirklich.

– Ja, so als wäre Aids tatsächlich eine Geißel Gottes, die immer dann herniederfährt, wenn die Ausschweifung ihren Höhepunkt erreicht.

«Er wurde wütend. Er stand auf und trat gegen die Wand. Er sagte: ‹Ich werde herausfinden, wer mir das angetan hat und ihn kriegen›», sagte Mike D.

– Siehst du, das ist der Beweis: Cunanan war HIV-positiv und startete einen Rachefeldzug gegen seine früheren Liebhaber, den er dann auf Schwule überhaupt ausdehnte.

– Gar kein Beweis ist das. Cunanan liebte dramatische Auftritte, und ich wette, daß dies hier wieder so einer war. Er hatte kein Aids, glaub mir. Er war auch nicht von der Mafia beauftragt oder von sonst wem. Er ist einfach ein Killer geworden, weil er keine Lust mehr hatte, sein in Scherben liegendes Leben bis zu seinem kläglichen Ende im Männerwohnheim weiterzuführen. Nein, lieber eine US-Tour mit Auftritten in Minneapolis, Chicago, New Jersey und Miami und einem garantierten Platz in den Top Ten des FBI. Wenn jemand nichts und niemanden zu verlieren hat, ist das wahrscheinlich eine verlockende Alternative.

Andrew Cunanan, 27, verließ San Diego im April und wurde der meistgesuchte Verbrecher der Vereinigten Staaten, der vermutlich fünf Menschen ermordet hat, darunter den italienischen Modedesigner Gianni Versace, der am Dienstag starb.

In dem kurzen Gespräch mit Mike D. sagte Andrew Cunanan nicht, ob er ein positives HIV-Testergebnis habe.

– Da, deshalb glaube ich, das Ganze war nicht mehr als ein kleiner dramatischer Privatauftritt Cunanans vor diesem Mike D. Wenn er wirklich ein Aids-Problem gehabt hätte, hätte er es ihm gesagt.

– Warum bist du so sicher?

– Hab' ich im Gefühl.

«Er schien aufgeregt und durcheinander und brauchte ein bißchen Halt», sagte Mike D. «Entweder war er dabei, sich auf einen Test vorzubereiten, oder er hatte gerade einen hinter sich und wartete jetzt ängstlich auf das Ergebnis. Aber die

Frage, ob er infiziert sei, hat er mir nicht beantwortet.»

Nach Andrew Cunanans Ausbruch versuchte Mike D. ihn zu beruhigen.

«Ich sagte: ‹Na komm schon, Junge, komm runter. So darfst du über die Leute nicht denken.› Ich umarmte ihn und drückte ihm die Hand und fragte ihn: ‹Bist du O.K.?› und er antwortete: ‹Ja, ich bin O.K.›»

– Na, da hast du's doch, das ist alles Blödsinn, womöglich frei erfunden, dieser Mike D. ist nur wieder einer, der sich wichtig macht. Was sagt er uns schon, welche definitiven Informationen teilt er uns mit? Keine, Fehlanzeige. «Ich habe mit ihm gesprochen, und es könnte schon sein, daß er infiziert ist, aber ich will nichts gesagt haben.» Das ist die Rede von Mike D. Und jeder, der will, denkt sich jetzt: O.K., Andrew Cunanan ist HIV-positiv.

– Beruhige dich. Du hast keinerlei Beweise, daß er nicht HIV-positiv ist.

Mike D. bewahrte monatelang Stillschweigen, machte aber schließlich, am Donnerstag abend, doch eine Aussage bei der Polizei. Er sagte, seine Aufgabe, Menschen zu schützen, sei ihm schließlich wichtiger erschienen als die Wahrung seiner Schweigepflicht.

–Das ist ja nicht zu glauben, wie dreist dieser Typ um öffentliches Schulterklopfen bettelt.

–Ja, «solange unsere Nation auf Bürger wie Sie zählen kann, haben wir nichts zu befürchten».

–Also bleibt unsere Champagner-Wette offen?

–Absolut, da ist noch nichts entschieden.

21. Juli. Ein aufsehenerregender *Newsweek*-Bericht, nach dem Andrew Cunanan sich zwei Tage vor Gianni Versaces Tod in dessen Haus als Partygast aufgehalten haben soll, wurde von Mitarbeitern Versaces und der Polizei abgestritten.

Eine Brasilianerin behauptet, sie sei am Sonntag vor dem Mord bei einem Treffen im kleinen Kreis in Versaces Haus in Miami Beach gewesen. Laut *Newsweek* behauptet sie, Fotos und ein Videoband zu besitzen, die beweisen, daß Cunanan ebenfalls Gast dieser kleinen Party gewesen sei.

Mitarbeiter Versaces sagten aber gegenüber CBS-News, an dem betreffenden Sonntag habe es kein solches Treffen gegeben. Die Polizei teilt mit, es gebe keinerlei Anhaltspunkte dafür, daß sich Versace und Cunanan gekannt haben.

Newsweek berichtete auch über einen kalifornischen Bekannten Andrew Cunanans, der erzählte, Cunanan habe mehrmals erwähnt, er sei in einen Freund Versaces «verknallt».

Diese Meldung kam am Tag, nachdem bekanntgegeben wurde, Cunanan laufe in Frauenkleidern herum, obwohl er so nie gesehen worden war.

Inzwischen hat das FBI eine gebührenfreie Hotline eingerichtet. Es werden Hinweise entgegengenommen, die helfen, Cunanan ausfindig zu machen. Die Nummer lautet: 1-888-324-9800.

Der Inhaber einer Imbißbude, die nur einige Blocks von dem Hotel entfernt liegt, in dem Andrew Cunanan der Polizei zufolge gewohnt haben soll, hat ihn wenige Tage vor dem Mord an Gianni Versace identifiziert, als er bei ihm ein Sandwich kaufte. Der Inhaber sagte gegenüber CBS-TV, daß er die Polizei verständigte, Cunanan aber bereits weg war, als sie kamen.

Die Angestellte eines Pfandleihhauses in Miami sagt, sie habe am 7. Juli eine Goldmünze von Cunanan als Pfand entgegengenommen. Es handelte sich um eine identische Münze, wie sie aus Lee M.s Haus in Chicago gestohlen worden war. In Chicago wurde übrigens unterdessen Anklage gegen Andrew Cunanan wegen Mordes erhoben. Er unterzeichnete die Pfandleihpapiere mit seinem richtigen Namen und seiner Hotelanschrift.

Die Polizei kontrollierte diese Pfandleihpapiere zwei Tage vor dem Mord an Gianni Versace routinemäßig. Es fiel nicht auf, daß einer der zehn meistgesuchten Verbrecher des Landes in seiner Originalunterschrift unterzeichnet und sogar seine derzeitige Adresse angegeben hatte.

– Unfaßbar!

– Nein. Routinemäßig kontrolliert heißt: *nicht* kontrolliert. Da könnte auch Fidel Castro seine Zigarre verpfänden, und keiner würde es merken.

– Das meinte ich nicht. Ich finde es unfaßbar, daß Andrew Cunanan mit seinem richtigen Namen unterschreibt und auch noch seine Adresse angibt. Was soll das heißen? Nehmt mich doch bitte endlich fest, sonst muß ich Gianni Versace erschießen, damit ihr mich endlich bekommt?

– Oder er hat sich einen Spaß erlaubt. Er wollte wissen, wie dreist er sein darf, wie weit er gehen kann.

– Er wollte geschnappt werden, glaub mir.

– Wie bitte? Und was ist mit deiner Mafiatheorie?

– Wer weiß, ob dieser Andrew Cunanan tatsächlich der echte Andrew Cunanan ist? Vielleicht schickt die Mafia einen Strohmann vor, eine Art Andrew-Cunanan-Attrappe, die eine falsche Fährte legt und mit der Polizei «Fangen» spielt, während der echte Andrew Cunanan völlig unbehelligt seine Morde begeht. Trotz seiner scheinbar haarsträubenden Nachlässigkeiten fehlt doch schon wieder jede Spur von ihm.

22. Juli. Eine Woche nachdem Gianni Versace vor seiner Villa in Miami Beach niedergeschossen wurde, verglichen die Behörden die verwendeten Kugeln mit jenen zweier anderer Mordfälle. Das Ergebnis: Der schattenhafte Andrew Cunanan muß überall der Täter gewesen sein.

–Ts, schattenhaft.

–Tja, *unfähige* Strafverfolgungsbehörden oder Weltverschwörung, das ist die Frage.

Währenddessen betrauerten heute Berühmtheiten von Lady Di bis Elton John Gianni Versaces Tod bei einem Gedenkgottesdienst eine Woche nach dessen Ermordung.

Die Tatsache, daß in drei Mordfällen definitiv dieselben Geschosse verwendet wurden, stellt bisher das sicherste Indiz für die Täterschaft Andrew Cunanans in allen drei Fällen dar, berichtet der *Miami Herald*.

Die Kugeln, die David M., den Architekten aus Minneapolis, und William R., den Friedhofswärter aus New Jersey, töteten, stammten aus derselben 40mm-Pistole, mit der auch Gianni Versace erschossen wurde, berichtet die Zeitung unter Berufung auf nicht näher bezeichnete Polizeiquellen.

David M.s Leiche wurde am 3. Mai gefunden, die von Willam R. sechs Tage später. Zwei weitere Morde, die Andrew Cunanan angelastet werden, wurden mit einem Zimmermannshammer und einem Gartenwerkzeug verübt.

Das Blatt schreibt weiter, Andrew Cunanan sei seit Gianni Versaces Ermordung nicht mehr gesehen worden. Die Behörden vermuten, er halte sich noch immer im Süden Floridas auf und habe sich möglicherweise als Frau verkleidet.

Der Chef der Polizei von Miami, Richard B., hofft, daß das große öffentliche Interesse an dem Fall und die hohe Belohnung, die auf Andrew Cunanan ausgesetzt ist, letztlich zu seiner Verhaftung führen werden.

In Miami Beach wurde ein Kopfgeld von 45 000 Dollar auf Andrew Cunanan ausgesetzt, das FBI hatte bereits zuvor 10 000 Dollar ausgelobt.

Zwar gab es einige Hinweise, denen zufolge der angebliche Callboy gesehen worden sei, keiner davon habe sich jedoch bestätigt. Die Behörden verwarfen unter anderem die Behauptung einer Brasilianerin, sie habe Cunanan auf einer Party bei Versace gesehen. Die Fotos, die dies angeblich beweisen sollten, würden zwei andere Männer abbilden, teilte ein Mitarbeiter der Polizei mit, der anonym bleiben wollte.

Offenbar ist Andrew Cunanan erneut spurlos verschwunden.

Dies versetzt die Menschen in Angst und Schrekken, in seiner Heimatstadt, in der Modebranche und in der Welt der Prominenz.

Es wird vermutet, daß Andrew Cunanan etwa zwei Monate ruhig und zurückgezogen in einem billigen Motel, nicht mehr als vier Meilen von Gianni Versaces Villa entfernt, gewohnt hat.

Die Polizei von Miami muß sich Fragen gefallen lassen, denn es scheint so, als habe sie einen wichtigen Hinweis übersehen, der zur Ergreifung Cunanans noch vor seinem Mord an Versace hätte führen können.

Vivian O., Angestellte des Pfandleihhauses «Cash On The Beach», sagte, Andrew Cunanan habe am 7. Juli eine Goldmünze verpfändet, die Quittung mit seiner eigenen Unterschrift unterzeichnet, seine Hoteladresse angegeben und, wie es das Gesetz vorschreibe, den Fingerabdruck seines rechten Daumens auf die Quittung gesetzt. Die Goldmünze stammte aus dem Besitz von Lee M.

Vivian O. sagte, sie habe eine Kopie der Quittung tags darauf an die Polizei von Miami geschickt, genau eine Woche vor dem Mord an Gianni Versace.

Am Montag verweigerte die Polizei eine Stellungnahme hierzu. Es hieß lediglich, die eingehenden Quittungen würden bei der Polizei manuell überprüft. Aus diesem Grund könne zwischen dem Eingang einer Quittung und deren Auswertung eine gewisse Zeitspanne liegen.

–Tja, Scheiße gebaut. Da werden Köpfe rollen, nehme ich an.

–Ich stelle mir vor, wie die die Quittungen manuell auswerten. Man könnte da wahrscheinlich auch mit Adolf H. unterschreiben und den Abdruck einer Hundepfote daneben setzen, ohne daß es auffiele. Wahrscheinlich ist das so eine Art Strafdienst – entweder Kippen im Hof einsammeln oder Quittungen von Pfandleihhäusern durchsehen. Etwas für den besonders motivierten Beamten.

– Sie werden ihn nie finden, niemals. Glaub mir, die sind zu blöd, und er ist zu schlau. Wenn einer fünf Leute umbringt und es schafft, jedesmal davonzukommen, dann ist er verdammt gerissen. Und wenn es einer schafft, eine solche Weltberühmtheit wie Gianni Versace auf offener Straße zu erschießen und zu entkommen, dann muß er clever sein *und* mächtige Freunde haben. Vielleicht ist er jetzt schon irgendwo mit einem neuen Paß und unterzieht sich einer Gesichtsoperation und kassiert die Kohle, die sie ihm versprochen haben, um den Rest seines Lebens auf den Bahamas zu verbringen.

– Bei aller Skepsis gegen deine Theorien – aber falls sie ihn nicht fassen sollten, ist nicht mehr davon auszugehen, daß er ein Einzeltäter ist.

– Was macht derweilen eigentlich die «Welt der Prominenz»?

22. Juli. Prominente aus aller Welt, darunter Lady Di und Elton John, begingen einen Gedenkgottesdienst für Gianni Versace, eine Woche nachdem der Modedesigner in Miami Beach erschossen wurde.

Über 2000 Menschen gedachten des Verstorbenen in dem 600 Jahre alten Dom von Mailand. Es war die erste offizielle Trauerfeier im Heimatland Gianni Versaces.

Während das einfache Volk durch das Hauptportal die Kirche betrat, kamen die Berühmtheiten durch eine Seitentür: Naomi Campell, Gianni Versaces liebstes Supermodel; Carolyn Bessette Kennedy, Gattin von John F. Kennedy junior; und Gianni Versaces Designerrivale Giorgio Armani.

Ebenso erschien Antonio D'Amico, Gianni Versaces Lebensgefährte.

Der Choreograph Maurice Béjart hielt die erste Lesung. Sting und Elton John sangen Psalm 23, «Der Herr ist mein Hirte».

Zuvor hatten viele im Gartenhof von Gianni Versaces Innenstadtpalazzo dem Designer die letzte Ehre erwiesen. Dort stand eine Urne mit seiner Asche auf einem schlichten Altar.

Elton John stand fünfzehn Minuten still davor, bevor er in Tränen ausbrach, er mußte von Gianni Versaces Bruder Santo gestützt werden.

Ski-As Alberto Tomba, Maurice Béjart, das Top Model Carla Bruni, die Designer Karl Lagerfeld, Carla Fendi und Tai Missoni waren unter denen, die an der Urne vorbeigingen. Daneben waren zwei Kandelaber aufgebaut, ein schlichtes Kruzifix und ein Bild von Gianni Versace.

Die Modegeschäfte in der Mailänder Innenstadt hatten während des stundenlangen Gottesdienstes geschlossen.

– Wunderbar.
– Wie bitte?

–Man hätte es sich nicht schöner ausdenken können. Die gesamte Welt der Mode, der Regenbogenpresse, der Klatschspalten, dazu ein homosexueller Killer, der keine Aufnahme gefunden hatte in dieser Welt der Reichen und Schönen, grausame Morde, weinende Rockstars, das Ganze gleicht plötzlich einer bombastischen Inszenierung.

–Ich glaube, Cunanan wollte das. Er wollte seinen Platz in der Weltpresse neben den Namen all dieser Berühmtheiten, und zwar als ihr Killer.

–Denkst du, er wird noch andere Promis umlegen?

24. Juli. Die atemberaubende Jagd auf Andrew Cunanan endete, als der vermutliche Serienkiller sich seine Pistole vom Kaliber 40 in den Mund steckte und abdrückte.

–Waaas? Er hat sich selbst erschossen? Das kann ich nicht glauben!

–Er konnte nirgends mehr hin, er war am Ende.

–Das war nicht Andrew Cunanan, das war ein anderer. Hat man ihn identifiziert?

Die Ermittlungsbehörden teilten mit, daß es sich um dieselbe Waffe handelte, mit der auch Gianni Versace erschossen worden war. Andrew Cunanan wurde nur zweieinhalb Kilometer von Gianni Versaces Villa entfernt gefunden.

«Ich denke, er war ein verzweifelter Mensch, er

hatte nur noch einen sehr begrenzten Bereich, in dem er sich bewegen konnte», sagte Richard B., der Polizeichef von Miami, auf einer Pressekonferenz, die einberufen wurde, nachdem die Behörden bestätigt hatten, daß es sich bei der gefundenen Leiche um Andrew Cunanan handelt.

Das FBI hat keine Anhaltspunkte darüber, wie lange Andrew Cunanan in dem Hausboot gelebt haben könnte. Trotz aller Bemühungen gelang es den Behörden nahezu drei Monate lang nicht, die Mordserie des Killers zu stoppen.

Das SWAT-Team, das am Mittwoch abend das Hausboot stürmte, fand Andrew Cunanans Leiche auf dem Bett im Schlafzimmer des ersten Stockwerks.

Ungeheuer viel Blut floß ihm aus Ohren, Mund und Nase, eine halbautomatische Pistole vom Kaliber 40 lag neben ihm.

Der hinzugezogene Gerichtsmediziner von Dade County stellte fest, daß sich Andrew Cunanan in den Mund geschossen hat.

Die Polizei teilte mit, sie habe Beweismittel in dem Hausboot gefunden, die im Zusammenhang mit den fünf Morden stehen, derer Andrew Cunanan verdächtigt wird. Es wurde auch ein blauer Safe gefunden. Es ist nicht bekannt, ob Andrew Cunanan Zugang dazu hatte. Die Polizei schließt nicht aus, daß darin weiteres Beweismaterial enthalten sein könnte.

«Wir sind ziemlich sicher, daß es sich bei der Leiche um Andrew Cunanan handelt», sagte Coleen R., Sprecherin des FBI von Minneapolis.

– Woher will die denn das beurteilen können?

– Sag mal, was paßt dir eigentlich nicht? Ist das nicht großartig, wie das hier alles zu Ende geht?

– Was soll daran großartig sein?

– Wenige Tage nach Gianni Versaces Tod – die Welt ist in Aufruhr deswegen – tut uns Andrew Cunanan den Gefallen, sich mit einer letzten spektakulären Aktion, diesmal seinem Selbstmord, von dieser Welt zu verabschieden. Er tut es mit der ihm eigenen Grandezza, begleitet von einer 40köpfigen SWAT-Team-Spezialeinheit, Rauchbombeneinsatz, Dutzenden von Einsatzfahrzeugen auf diesem mysteriösen Hausboot, quasi in Gianni Versaces unmittelbarer Nachbarschaft. Und er tut es auf die gewohnt brutale Weise, indem er sich den Kopf wegschießt und eine infernalische Sauerei hinterläßt.

– Das war nicht Andrew Cunanan.

– Siehst du, und du bist einer von denen, die ihm ein weiteres Mal auf den Leim gehen. Natürlich war es Andrew Cunanan. Er hatte sicher die Zeitung gelesen, Radio gehört. Er wußte, daß sie nichts hatten, womit sie ihn identifizieren könnten, nicht einmal einen anständigen Satz Fingerabdrücke. Der Junge hatte durchaus Sinn fürs große Theater. Er schoß seinen Kopf in Stücke, sein Gesicht, das von Abertausenden von Plakatwänden herunterlächelte. Hätte er sich die Pulsadern aufgeschnitten, wäre er zweifelsfrei zu erkennen gewesen, doch so bleibt genügend Raum für Legendenbildung.

– Danke für das Stichwort. Aber ich glaube nicht an Legenden, ich glaube an Beweise. Und hier gibt es keine. Du mußt die Situation sehen. Das FBI, die Polizei sind unter Druck. Gianni Versace ist ermordet worden, die ganze Welt erwartet, daß sein Mörder schnellstens gefaßt wird. Es wäre zu schön, um wahr zu sein, wenn ihnen Cunanan den Gefallen täte, sich ein paar Tage nach seinem letzten Mord auf diese geradezu bühnenreife Art umzubringen. Nein, alles ist ganz anders: Nicht erst seitdem John F. Kennedy und sein Bruder Robert ermordet wurden, weiß man, daß es Verbindungen zwischen Mafia und FBI gibt. Das FBI hatte Schwierigkeiten, sie konnten Cunanan nicht finden, sie tappten vollständig im dunklen. Meine Erklärung hierfür: Cunanan hatte mächtige Helfer, die ihn versteckten. Sie gaben ihm Geld und den Auftrag, Versace zu erschießen, der abtrünnig geworden war. Versace war zu mächtig geworden, und ich vermute, er wollte nichts mehr mit den Kräften zu tun haben, die ihn dorthin gebracht hatten, wo er zuletzt war. Andrew Cunanan erfüllte seinen Auftrag, und die Mafiosi hielten ihr Wort. Sie gaben ihm Geld, eine neue Identität und eine Möglichkeit, das Land zu verlassen. Um ihm das aber gewähren zu können, mußten sie dafür sorgen, daß das FBI in der Öffentlichkeit nicht so beschissen dastand wie in den letzten zweieinhalb Monaten. Die Bundesbehörden brauchten dringend einen Erfolg, und zwar einen großen. Also holten sie sich irgendeinen jungen Junkie aus dem Park und schossen ihm den Schädel runter, legten ihn in dieses Hausboot und verständigten das FBI und die Polizei, die in einer spektakulären Aktion das Hausboot belagerten, in dem der tote Junkie lag. Die Weltpresse berichtete. Die Gerichtsmediziner bestätigten das gewünschte Ergebnis: Ja, es handelt sich um Andrew Cunanan. Die Akten werden eilig geschlossen. Andrew Cunanan liegt als John Smith in einem Liegestuhl am Strand auf den Caymans und genießt das Leben eines reichen Mannes.

– Du spinnst doch. Der Typ ohne Kopf ist Andrew Cunanan.

Männer des SWAT-Teams umzingelten das Hausboot, nachdem ein Hausmeister der Polizei mitgeteilt hatte, es befinde sich ein Einbrecher darin und er habe Schüsse gehört.

– Der Hausmeister, klar. Er ist für ein paar tausend Dollar von der Mafia angeheuert worden, um der Polizei ihren Einsatz zu geben.

– Ach was, es war einfach genau so, wie es dieser Hausmeister sagt.

Die SWAT-Einheit stürmte das Gebäude um 20.00 h Ortszeit. Es wurde ausschließlich mit Tränengas geschossen, scharfe Munition wurde nicht eingesetzt.

Der Tote wurde im Obergeschoß des Hausboots gefunden.

«Es wurde ein männlicher Toter gefunden», sagte Polizeichef Richard B. auf einer Pressekonferenz. «Wir sind dabei, den Verstorbenen zu identifizieren.»

– «Den Verstorbenen», das klingt, als hätte ihn die Altersschwäche dahingerafft.

– Der Polizeichef spielt seine Rolle gut, das FBI, alle Behörden haben exzellente Arbeit geleistet – die Mafia und Andrew Cunanan auch.

Richard B. sagte weiter, der Tote ähnle Andrew Cunanan.

– Logisch.

– Selbstredend.

Eine definitive Identifikation der Leiche sei aber noch nicht erfolgt. «Wir wollen die Spezialisten nicht drängeln», sagte der Polizeichef und fügte hinzu, daß auch am Tatort sorgfältig nach Beweismitteln gesucht werde.

Eine Stunde später waren die Spezialisten noch immer zu keinem Ergebnis gelangt.

– Da geht sie hin, deine Mafiatheorie.

– Man darf nichts übereilen. Würde es glaubwürdig erscheinen, sofort zu sagen «O.K., es ist Andrew Cunanan, das war's» und den Sargdeckel zuzuschlagen? Natürlich nicht. Jetzt, nachdem man ihn fast drei Monate lang gesucht hat, muß man die Sache erst mal zur Angelegenheit von «Experten» machen. Es darf nicht der Eindruck entstehen, hier gehe irgend etwas einfach.

– Danke für die Erklärung, Sir.

Andrew Cunanan, 27, aus San Diego, war es gelungen, hunderten von Polizeibeamten zu entkommen, die ihn seit dem Mord an Gianni Versace hier in Miami gesucht haben. Er war seit über einem Monat auf der FBI's-Ten-Most-Wanted-Liste und konnte nicht gefaßt werden.

Die Ermittler hatten nur die Möglichkeit, ihn anhand des Fingerabdrucks von seinem rechten Daumen zu identifizieren. Weil er nie verhaftet worden war, gab es keinen kompletten Satz seiner Fingerabdrücke. Allerdings existiert ein Abdruck seines rechten Daumens, der auf einem kalifornischen Führerschein gefunden wurde. Ein weiterer Fingerabdruck, der möglicherweise von ihm stammt, befindet sich auf der Quittung eines Pfandleihhauses aus Miami Beach.

Bürgermeister Seymour G. sagte, die Identifikation des Toten habe sich verzögert, weil sein Gesicht durch die Verletzung «verunstaltet» worden sei.

Aber auch die gerichtsmedizinischen Experten des FBI untersuchten noch immer die Leiche und nahmen ihr Fingerabdrücke ab, sagte Seymour G. zu ABC «Nightline»: «Es wäre eine Riesenüberraschung, sollte sich herausstellen, daß es sich nicht um Andrew Cunanan handelt.»

– Sonderlich überzeugend klingt das wirklich nicht, das mußt du zugeben.

– Der «Bürgermeister». Der weiß doch gar nicht, wovon er redet. Der Herr Bürgermeister denkt, es gehe hier um gerichtsmedizinische Fragen, weil man ihn nicht aufgeklärt hat. Er weiß nicht, daß es hier um große Dinge geht – um sehr große Dinge: großes internationales Verbrechen...

Das Hausboot gehört dem Deutschen Torsten R., der von den Strafverfolgungsbehörden seines Landes wegen Steuerhinterziehung gesucht wird. Er betreibt eine Schwulensauna in Las Vegas und war *Associated Press* zufolge bisher telefonisch nicht erreichbar.

– Das allerdings ist sicherlich Zufall, eine kleine Anekdote am Rande.

– Ich bitte dich, die Mafia hat sich doch sicher vorher informiert, wem das Hausboot gehört, in das sie die Leiche, die natürlich nicht die Andrew Cunanans ist, deponiert.

–Mach dich nur lustig. Es wirkt um so echter, wenn sich einige zufällige Geschichten um ein solch ausgeklügeltes Arrangement herum ergeben. Und es war völlig gleichgültig, wem das Hausboot gehörte. Pech nur für Torsten R., daß er auf diese Weise auch noch ins Netz gegangen ist.

–Wie auch immer, Andrew Cunanan ist tot. Was passiert jetzt?

–Ist doch klar, was jetzt passiert: Jetzt wird geschrieben, daß sich die Balken biegen!

–Was schreibst du?

–Ich werde eine Story schreiben, die die Hintergründe aufdeckt. Ich werde beweisen, wie das organisierte Verbrechen auf ebenso geniale wie unsichtbare Weise die Fäden gezogen hat, um Gianni Versace zu beseitigen. Was wirst du tun?

–Ich werde auch etwas schreiben. Ich weiß noch nicht genau was, aber ich werde etwas schreiben, was ohne diese haarsträubenden Gerüchte auskommt, auf die du setzt, verlaß dich drauf ...

Long Island, Anfang August. Meine kurze Berühmtheit beginnt am Montag, dem 21. Juli:

–Was ist das denn?

–Louis Begley schreibt das.

–Louis wer?

–Begley, ein New Yorker Rechtsanwalt und Schriftsteller. Sein neuer Roman «Schmidt» wurde auf dem

Nachtkästchen in einem Motelzimmer gefunden, das Andrew Cunanan angeblich bewohnt hat.

– Louis Begley, klar doch, jetzt fällt's mir wieder ein. Herrje, «meine kurze Berühmtheit»! Natürlich ist er sich sicher, weltberühmt zu *sein*, mit oder ohne Andrew Cunanan, aber er muß das hier noch mal understatementmäßig raushängen lassen, daß er sich nicht für weltberühmt *hält*.

Die Medien finden heraus, daß Andrew Cunanan, des Mordes an Gianni Versace und vier weiteren, weniger illustren Männern verdächtig, in seinem Zimmer im Normandy Plaza Hotel in Miami Beach, seiner letzten offiziellen Adresse, meinen neuen Roman «Schmidt» liegen hatte.

– Kann's was Schöneres geben?

– Dann hat sich doch der Einsatz der Medien gelohnt.

– Feiner Kerl, dieser Cunanan, da kann man sagen, was man will.

Wie man es von einem gesetzestreuen Literaturliebhaber erwarten darf, hatte er ihn sich von der North-Shore-Zweigstelle der öffentlichen Bücherei von Miami-Dade ausgeliehen.

– Wieso «gesetzestreu», Cunanan ist doch nun wirklich alles andere.

– Das nennt man Ironie, du Trottel.

– Nein, ein Witz wär's gewesen, wenn er geschrieben hätte: «Wie jeder gesetzestreue Literaturliebhaber auch, hat er sich das Buch usw. ausgeliehen.» So, wie er es schreibt, ist es ungenau.

– Du bist ein Erbsenzähler.

– Aber ich habe recht.

Hier in Sagaponack/Long Island, wo ich die Ferien verbringe, klingelt das Telefon so aufdringlich, daß ich es eigentlich aushängen müßte, was ich jedoch nicht tun kann, weil mein ältester Sohn mit seiner Verlobten sprechen muß und mein Büro glaubt, mit mir sprechen zu müssen.

– He, entschuldige, müssen wir das lesen, nur weil sein Buch da herumlag?

– Wieso, ist doch amüsant.

– Ist es nicht. Ich will das nicht wissen. Was sagt uns dieser letzte Satz? Übersetzt heißt das: «Ich hab' so viel Kohle, daß ich meine Ferien an nobler Stelle auf Long Island verbringen kann, und werde dort dauernd angerufen, weil ich so wichtig bin; einen Sohn habe ich auch, und der hat nicht nur eine Freundin, sondern eine Verlobte, wie sich das in unseren Kreisen gehört, und schließlich habe ich ein Büro – ich arbeite nicht in einem, ich *habe* eines –, und meine Untergebenen dort halten mich für so unentbehrlich, daß sie glauben, mich ununterbrochen anrufen zu *müssen*.» Das ist doch nur widerlich blasiert und tut überhaupt nichts zur Sache.

–Sei nicht so hart mit ihm, er freut sich doch nur.

Ein Fernsehteam von NBC stellt im Haus die Möbel um, damit eine sehr kleine und kluge Frau mich zum Nutzen von Zuschauern interviewen kann. Am nächsten Morgen fahre ich um 6.30 h nach East Hampton, um im Hotel Maidstone Arms ein weiteres Fernsehinterview zu führen. Auf dem Parkplatz sehe ich den Laster mit der Satellitenantenne, und schlau, wie ich bin, folge ich dem orangefarbenen Verlängerungskabel durch Küche und Vorratsräume des Hotels, bis ich auf den Produzenten stoße, den Kameramann und den, der sich um den Ton kümmert. Es gibt außergewöhnlich heißen Kaffee und Scones mit Schokosplittern!

–Was sagt uns das? Herr Begley gibt Fernsehinterviews, er gibt sogar mehrere. Es scheint nicht weiter von Belang zu sein, was während dieser Interviews gesprochen wird, dafür ergibt sich zwanglos die Möglichkeit, sich selbst – selbstverständlich ironisch gemeint – als «schlau» zu bezeichnen, weil es einem gelingt, ein Hotel zu betreten. Angesichts solcher Neuigkeiten ist die Mitteilung, daß es Scones mit Schokosplittern gab, allerdings eine Sensation, die ein Ausrufezeichen verdient.

–Das ist ein subjektiver Bericht, laß es auf dich wirken, versetz dich in seine Lage, dann wirst du es komisch finden, was er schreibt.

–Ich *bin* aber nicht in seiner Lage!

Meine makabre Neugier: War es ein abgegriffenes Exemplar, hatte jemand, vielleicht Cunanan, seine Lieblingsstellen mühselig unterstrichen?

–«abgegriffenes Exemplar», «Lieblingsstellen», «mühselig unterstrichen» – natürlich interessiert sich der eitle Fatzke nur dafür, wie sehr Cunanan seine Meisterschaft als Autor bewundert haben könnte. Igitt!

–Unsinn, er versucht sich die Situation vorzustellen. Schließlich ist es keine alltägliche Sache, daß ein Serienkiller dein Buch liest.

Wenn die Hand, die die Anstreichungen vorgenommen hat, seine war, spürte er einen Schauder des Wiedererkennens, als er auf Bryan stieß, das stumme, aber gerissene Faktotum, das tantrische Bilder malt und nebenher mit Drogen handelt?

–Noch flugs ein bißchen Werbung fürs Buch gemacht. Hast du's schon gelesen?

–Nicht doch, keine Zeit für Literatur.

Ich schreibe diese Zeilen, kurz nachdem Cunanans elendes Leben sein Ende gefunden hat.

–Wer ist er, daß er beurteilen könnte, ob es elend war oder nicht.

–Glaub mir, er meint es nicht böse.

Ich habe einen Leser verloren, aber ich muß mich nicht mehr fragen (wie es ein greller Artikel in einer Boulevardzeitung tat), ob mein spezieller Anhänger auf dem Weg in die Hamptons ist, um meine Bekanntschaft zu machen.

–Ach was, Andrew hatte andere Sorgen.

–Allerdings.

Manche meiner Gesprächspartner waren überrascht, daß sich ein mutmaßlicher Serienmörder die Zeit zwischen seinen Morden mit einem Roman vertreibt und daß ich an dieser Beschäftigung nichts Unnatürliches finde.

«Oh», sagten sie, «glauben Sie, daß Ihr Roman ihn inspirierte?» Ich war versucht, mit einer Gegenfrage zu antworten: «Ungefähr wie Bruno Hauptmann, der ‹Kidnapped› las, bevor er auf der Leiter in das Schlafzimmer hochstieg, wo das Kind der Lindberghs schlief?»

Natürlich beherrschte ich mich, die Presse bevorzugt den ernsten Ton. Aus Angst, Mr. Cunanan zu ermuntern, sich mit mir in Verbindung zu setzen, erwähnte ich auch nicht, wieviel ein Mensch wie er mit einem Romanschriftsteller gemeinsam hat. Phantasien: Wir schreiben sie nieder, er agiert sie aus.

–Also du kannst sagen, was du willst, ich finde das gelungen.

–Vergiß es, so machen es die Literaten, darum liest ihr Zeug auch keiner. Ich verspreche dir, wenn du meine Story lesen wirst, wirst du das Blut *riechen*. Kein Papier, keine Mutmaßungen, sondern rohes Fleisch. Und dazu eine Erklärung für das Ganze, die niemand widerlegen kann. Hab nur ein wenig Geduld.

–Ich bin gespannt, und wenn's ein Erfolg wird, werde ich dafür sorgen, daß bekannt wird, wer sein eigentlicher Vater ist.

–Es kommt darauf an, wie man eine solche Geschichte anpackt, wie man das Bestmögliche aus ihr herausholt – das Material dafür kann jeder besorgen.

–Ich finde, du solltest dich jetzt wirklich hinter deinen Schreibcomputer schwingen und anfangen ...

31. August.

–Wo bleibt eigentlich deine weltbewegende Story über Andrew Cunanan? Wenn die nicht bald kommt, können wir sie vergessen.

–Können wir auch.

–Wie bitte?

–Schalt das Radio ein, geh ins Internet, es ist unfaßbar.

–Na sag schon, worum handelt sich's?

–Lady Di ist tot.

–Nein, sag im Ernst, was ist los?

–Wirklich, sie ist tot. Sie ist in Paris gegen einen Brückenpfeiler gefahren. Es heißt, Paparazzi hätten sie zu Tode gehetzt. Ich vermute das englische Königshaus dahinter, sie wollten Lady Di loswerden, aber es mußte aussehen wie ein Unfall.

–Vielleicht war es ein Unfall.

–Ein Unfall? Du glaubst doch nicht im Ernst, daß jemand wie Lady Di durch einen Verkehrsunfall ums Leben kommt. Nein, glaub's mir, da steckt etwas Großes dahinter, eine Verschwörung, ich werde das aufdecken.

–O.K., laß uns sehen, was das Netz dazu hergibt.

–Das wird die sensationellste Story, die je geschrieben wurde!

Nachbemerkung

Die aus der Caledonia gesetzten Texte (im Gegensatz zur Officina Sans) waren im Sommer 1997 im englischen Original über die Internet-Suchmaschine «Exite» mit dem Suchbefehl «Andrew Cunanan» zu finden. Sie wurden frei übersetzt und zum Teil mit geringfügigen inhaltlichen Änderungen versehen. Es handelt sich um Meldungen von Agenturen, Zeitungen, Radio- und Fernsehsendern. Die meisten von ihnen werden im Text genannt.

Der Artikel von Louis Begley wurde, übersetzt von Paul Ingendaay, in der *Frankfurter Allgemeinen Zeitung* vom 2. August 1997 veröffentlicht.

G. M. O.